随筆集

銀座の四つ角から

山本隆太郎

印刷学会出版部

はしがき

鈴木三平さんの主宰する「新聞技報」を私がやることになって、毎月一回新聞に関する随筆を書くことになった。毎月一度といっても、できるだけ新聞に関する事柄がのぞましいので、テーマを探すのに苦労した覚えもある。当時、銀座の安藤七宝ビルにいたので、銀座の四つ角からというのは鈴木さんの命名である。新聞制作も世の中も大変革をした時代で、活字は消え、コンピュータが登場した。新聞社の機構も印刷局から制作局などとなって、昔の面影はなくなった。

この時代に書いたのがこの随筆集で、活字と新聞・新聞社をなつかしむ気持ちを汲んで頂ければありがたい。印刷図書館の松本佐恵美さんには資料集めにご厄介になったし、「新聞技報」時代編集長をやっていただいた野村志朗さん、校正をお願いした野村保恵さんにもお礼申し上げる。文中敬称は略させていただいた。

二〇〇五年八月

山本隆太郎

目次

一九八〇年六月〜一九八九年十月

パーティ

プラトン饗宴の時代から、人は集まって飲みくいすることが好きであった。宴会にも、いろいろの形式があるが昨今の日本では、立食カクテル（お酒の種類はあまりないが）パーティが多くなった。この形の宴会は、席に固定されないから、出席者は自由電子のように、あちこち動きまわって多勢の人と話ができる。いそがしい人は、宴なかばにしてそっと抜け出しても目につかない。

なかなか長所が多いが、立ちっぱなしで疲れるのが欠点だ。欧米の人だと三時間も四時間も立ちつづけ飲みつづけ、しゃべりつづけて夜をふかし、翌朝はケロリとしている。

疲れないパーティの形式を採ったのは、五月九日の日本新聞製作技術懇話会（コンプト）創立五周年のパーティであった。会場の半分に椅子、テーブルがあるから、疲れた人や、飲みすけをきめこむ連中にはぐあいがよろしい。

岡村雄一会長の挨拶も要をえて簡単であり、五年間の事業は大きな紙に大きな字で書いて見やすいように貼ってある。森実氏の挨拶、蒲田浩二郎氏の乾杯も、おざなりでなくて祝宴にふさわしいものだった。

日本のパーティの悪いところは、ご馳走を前にして挨拶が長すぎることである。たいてい入り口で飲みものを渡されるが、律儀な人は乾杯の音頭があるまで手に持ったまま。あれではビールも洋酒もお燗ができるだろう。渡されたものは飲んでよろしいのだ。また料理もオードブルぐらいはいただいてよかろう。皆がどんどん飲んだり食べはじめていれば、挨拶する方も気が気でないから短かくするだろう。

それになるべく大勢の方と話をすること。あちらのパーティでは、みんなが進んで紹介をしあう。たとえば、私が鈴木三平さんと話をしていたとする。そこに私の親しいガールフレンドが来たとする。私は内心、この男に紹介したくないとしても、いんぎんに引きあわせる。

そして、三人で五分三十秒ばかり話して興にのってきたら、私は心ならずも、そこを離れて次のグループに近寄る。そこでは、だれかが私を紹介してくれるだろう。また、鈴木さんは、次の人にこの女性を紹介する義務を有する。こうして皆が歩きまわり会話を楽しみ、酒食を味わうのである。

そこには、一人、淋しそうにしている人もいなければ始めから終わりまで、ベッタリ二人で話しこんでいる連中もいない。一人一人がホスト役になったつもりで、宴をもりあげるのである。コンプトのパーティがよかったから、一席弁じた。

（八〇・六）

上海女性の手紙

朝日新聞の社説に「スポーツを好む人間は五輪をテレビで見物はするが、決してそれにあこがれず、自分はシコシコと草野球やジョギングを楽しんでいるだろう」との文章が載った。文意は十分につくされていてその内容も私の考えを表現してくれた嬉しいものであったが、「シコシコと」に心がひっかかった。この場合は、「せっせと」あるいは「こつこつ」というほどの意味であろうが、一般の辞書には出ていない。若い人や学生の使う流行語などを、むやみに社説に使うのは、あまり感心できない。

日経産業新聞の記事前文に、「このところ、大手商社トップの海外出張がやけに目立つ」とあったが、「やけに」とは品格のない語である。大新聞はわれわれの模範となるような文を書いてもらいたい。

先日、上海の中国女性から手紙を頂いた。昨年、中国を訪れたとき約束した本を送ったことに対する礼状だが、文字も美しく、また日本文もきれいで、社員一同に回覧したほどである。小生のガール・フレンドもよう書けまいて。次に全文をご紹介する。

拝啓　街には秋の味覚が出回わり始めたこのごろ、心がこもったお本を昨日いただきました。日頃、とてもお忙しいことをよく存じておりますが、ほんとうにどうもありがとうございました。又お手数をおかけして誠に申し訳ありません。

お目にかかってから、もう一年になりまして、月日の経つのが早いものと感じております。「印刷雑誌」からお元気でいらっしゃるのを存じております。

ところで昨晩急いでお本を拝見いたしておりました。カラースキャナの部分を拝見いたするととてもなつかしいと思っております。なぜなら大日本スクリーン製造会社製のＳＧ―一〇〇〇とＳＧ―七〇一のすえつけに参加したことがありますから。来月も通訳として合肥市へＳＧ―七〇一のすえつけに参加することになりました。

来る十一月、上海工業展覧館で「八一日本のプラスチック食品工業展」が催される時、ＳＧ―六〇六も出品されるそうです。これによって日本のスキャナは、より多く中国の印刷業界のみなさんに知られるようになるでしょう。日本のすばらしい印刷技術を中国側の印刷者に紹介するために、できる限り微力をいたすつもりです。

さて去年いただいたお写真は、大切にアルバムにさしております。たった二日間おともいたしましたがとても印象的でした。ご講義された時の録音もまだ保存されており、時々聞いております。

一年経った今日、またお本を頂き、なんと嬉しいでしょう。重ねてお礼申し上げます。拝見したい人がだれでも拝見できるよう資料室に置くつもりです。

上海にも印刷学会が設けられましたから、今後中日両国の印刷学会の交流はだんだん頻繁になるでしょう。

いつかまたお目にかかる日がきっとあるだろうと信じております。みな様によろしくお伝えになってください。今日はここでご健康を祈りながらペンを置かせていただきます。

取り急ぎお礼まで　楊家仙敬具

どうです。用件を十分に伝えているだけでなく、情感のこもった手紙でしょう。そして封筒の中には最近出た中国の切手が数枚同封されていた。

文中、わずか、おかしいところがあるので、コピー訂正して送ってやろうと思っている。忙しいのにまたまた、余計なことをするとガールフレンドに叱られそうだ。

（八一・一一）

上品と下品

週刊ダイヤモンド十一月七日号に、太陽神戸銀行の石野信一会長が、「社会の品格」という一文を書いておられる。個人にも上品な人と下品な人があるように、社会とか民族にも品格というものがある。いま、日本国民はエコノミックアニマルなどといわれて世界から白眼視されている。国会でのやりとり、輸出競争、テレビの番組、観光旅行、デモ行進のあり方を見ては、外国人は決して日本人の品格を高いとは思うまい。政治家、財界人、ジャーナリスト、教育者、宗教家、その他社会の指導層の責任は重い。というような論旨であった。筆者もまったく同感である。ところで、個人と国家のほかに——会社にも品格があるのではないか。会社の品格は、主として営業活動にあらわれる。その製品やモノの売り方、買い方、社長や重役の態度、社員のふるまいなどである。

筆者は、銀座の食べもの店に一人で行くこともあるが、友人知己、会社関係の人と一緒のことも多い。誘われる場合もあるし、こちらから誘うこともある。一緒にメシを食うことはたいへん親しみを増すし、相手からいろいろ話を聞けるので楽しみではある。

しかし、食事は人間の本能をむき出しにする行為であるから、あまり下品な食べ方をする人、話のない人、つまらぬ人は誘いたくない。食事の時、不愉快な思いをするなと医者に厳重にいわれている。

せっかく誘ったのに、まずそうに食べて、半分も残す人。足を組んで食事をする人。貧乏ゆすりをしながら食べる人。急に中座をする人。ガツガツ口の中にほうりこむ人。好き嫌いのはなはだしい人。いったん口の中に入れたものを皿の上に出してナイフで切る人。あげればキリがないが、きちんとした会社では食事のマナーも教えるようだ。

営業活動の品のなさは、これまた困りものである。出版でいえば類似というか、まったく同一の企画や、執筆者のうばいあい。品のない本づくり、つまり活字の使い方、レイアウトなど。

新聞紙面にも上品と下品がある。やたらに大きな文字やゴシックを黒々と入れる。ケイを乱用する。カコミを多用する。センセーショナルな写真を入れる。写真が多くて大面積を占める。えげつない広告を入れる。

上品ぶって乙にすましていたのでは、メシが食えないよ、といわれそうだが、衣食足っている人たちなら、もう少し考えてもよさそうだ。

（八一・一二）

一期一会

いつだったか、日経の大沢さんと武捨さんが印刷学会出版部を訪ねてきて、あまりの狭さにびっくりしたらしく、事務所はここだけですか、と尋ねられた。そりゃそうでしょう。大沢さんの部屋の三分の一くらいだから。

ところで、この狭い汚い部屋にもときどき珍客がある。先日は、オーストラリアからホールと名乗る技術屋が、突如としてあらわれた。名刺を夕方までに刷ってくれという。ビル入り口のＡＳＩＡＮ　ＰＲＩＮＴＥＲ（当方で発行している英文誌名）を見て、これはアジアを代表する印刷会社だと勘違いしたらしい。ホテルから道々、プリンターという字を探しながら歩いてきて、この看板を発見したときは本当に嬉しかったといった。

しかし、こちらは出版社。名刺のレイアウトは出来るが印刷は不可能だというと、クラークゲーブルが失恋したときのような顔をした。なんでも、大阪の機材展で必要なのでぜひとも欲しいのだという。

仕方がないから窮鳥フトコロに入ればなんとやら、一緒に印刷所を探すことにした。二、三軒たずねて、けっきょく新橋の「活版小僧」で用が足りた。彼が持っていた見本の名刺の、ロゴタイプならびに会社マークは凸版を起こさねばならないから活字組みとした。欧文は書体の種類があまり準備されてないから似かよったもので間に合わせた。外人の好みで裏には片カナで氏名を入れた。

いちばん困ったのは紙で、ホールさんの気に入ったものがない。薄手の、しなやかな紙が欲しいというが、既製名刺用の紙には見当たらない。和紙のボテボテしたのは嫌いだという。

けっきょく、薄い模様入りのでがまんしてもらって、夕方出来上がりの約束ができた。値段は特急料金とも一万円となにがしかであった。ちょうど昼頃になった。ホールさん、天ぷらが食べたいというので、橋善に連れていった。ご飯はいらないというから一人前しかとらなかった。私が飯を食うと、うまそうに見えたらしい。半分くれというから、残念だったがくれてやった。代金はかれが払った。

食後のコーヒーは、こちらがご馳走した。食中食後の話題はかれの仕事（プラスチック成型）、わたしの仕事、教育、給料と物価など。かれは日本の工業製品の優秀で安いのに驚き、わたしは豪州の食肉の安いのにおどろいた。失業率という英語と、日本におけるその数字がわからず往生した。かれとは銀座四丁目の角で別れた。

（八二・五）

Uボート

Uボートとは第二次大戦中活躍したドイツの豆潜水艦である。実物は、たしかミュンヘンの科学博物館にあったと記憶している。またロンドンの戦争博物館にも同種のものの断面が展示されていたように思う。日本の特殊潜航艇よりははるかに大きいが、「ボート」というにふさわしい小型の船だ。

この潜水艦の活劇が映画になり、しかも日本の富士フイルムが撮影に使用されたというので、見にいった。話の筋は、ある任務をあたえられたUボートが、あらゆる難苦を克服して母港にたどりつくということなのだが、ホッとした瞬間に空襲を受け、艦はもとより乗組員全滅してしまう。

戦争の無情悲惨さをズシンと感じさせる映画である。

それに、女性が一人も出てこないのが特色である。日本の戦争映画では、大昔の「五人の斥候兵」、十年ほど前の「キスカ」がやはり女が一人も出演していなかったと記憶する。それぞれに深い感銘をあたえられたがこのごろの作品では、やたらに銃後の女性を登場させ、戦地に赴く軍人とイチャイチャさせ、ベタベタさせている。小生だって男だから、女性とゴニョゴニョ、シコシコするのは大好きだが、そういう場面はポルノ映画で十分に楽しませればよろしい。

日本の戦争映画では、イチャイチャを入れることにより、戦争の悲劇を強調しようというのか。だから戦争は反対だともってゆくのは、子供っぽい手法である。筆者の場合、戦争映画を見にゆくのは、冒険、忍耐、決断など戦場で発揮される人間の限界に近い能力。それと戦車砲や艦砲をぶっぱなすときの爽快感を期待する。せっかく、スカッとした気分になったつぎの瞬間、別れを惜しんでナニしている男女の姿が出てくると、この監督のバカヤローとどなりたくなる。

「Uボート」はあっけらかんとした態度で見ている人をつきはなす。そこが気に入った。「キスカ」は無傷撤退をやってのける司令官の、決断、部下統御が気に入った。女性はたいてい、こういう映画を好まない。だから、戦争映画はガールフレンドを誘わず一人で行くことにしている。

(八三・四)

東京ディズニーランド

何年か前に、ロサンゼルス郊外のディズニーランドを見たが、いろいろ教えられることが多かった。アメリカンソングという劇場では、多数の人形、童話の主人公もいれば動物もいるのだが、かれらが人間の振舞そっくりに動いて、またその動きにぴったり合って歌を歌う。すべてがよどみなく流れて、観客席が舞台のまわりを一周したところで、一巻の終わりだ。

たしか二十分くらいだったと思うが、寸分たがわぬ運営に、終戦後の米軍放送を思い出した。ペラペラニュースをしゃべり終わって、ファーイーストナントカとしめくくったとたん、時報がなるのに感心した。それまで日本のラジオは、番組の間に、いくぶん余裕があったように思う。

また、ディズニーランドの潜水艦は、浅い池の底に敷かれたレールの上をボートが走るのだが、トンネルがあって、窓からみえる海中のシーンがあまりにもうまく出来ているので本当に、何千メートルかの海底まで潜ったような感じがするのであった。

園内にはゴミひとつ落ちておらず、只今故障中、という貼り紙のついた遊戯機械は一台もなかった。行列をしていても、そんなに待つこともない。行列用の柵は太い鉄製で、ペンキが厚く塗ってあって頑丈でビクともしない。アメリカの良さを十分にみせてくれた。

さて、富士フイルムの招待で、東京ディズニーランドに足をふみ入れたが、特別招待日で混雑はないはずなのに、浦安駅からのバスの混みよう。躾の悪いガキどもが秩序をみだす。とめようともしない母親が席をとれとわめく。

園内では、富士フイルムの三百六十度映画マジックカーペットを見る。

ここでも乗ってはいけない、といわれている手すりに腰かけている子供がいる。

映画は日本を出て、万里の長城から香港、タイ、インドを経て、ヨーロッパを一巡、カナダ、アメリカにわたって、帰国するという世界一周の旅だ。息つく間もなく見終わってちょっと短かい感じ。

レストランは、あちこちにあるがいずれも満員。それでいて弁当持ち込み禁止だから、ゆくゆくはなんとかしないと、空腹をかかえての見物になりかねない。食堂に和食はなくて、まったく米国食。ただし、ライスはある。人気のあるのは、SL列車、ジャングル探険、ショウボートなどだ。

聞くところによると、連休あたりは予約満員で、地方からの宿泊パックを旅行会社が企画しているという。午後十時までの開園だから、彼女と一緒だと十分楽しめるのではないか。マジックカーペットで世界一周なんて、ちょっと、気分がよろしい。万里の長城あたりで指先をにぎり（もちろん彼女のだ)、ベニスあたりで、手をにぎり、パリで、ややきつくにぎり、ロンドンの衛兵交代で、左右の手を交代し、カナダのスノーボートで汗をふいて表に出る。

ちょうど月明かりで、ショウボートが白く浮んでいる。思いきって探険船に乗ろう。乗るときは、手を引いてエスコートせねばならない。インディアンの襲撃。殺される心配はないから、彼女を守って矢おもてに立つ。彼女感激!! 彼女の感激は、カバが水中から顔を出して吼える瞬間に、最高となる。ああ。このバカ。

このバカさ加減を実現するには、各種の装置が本場仕込みで、絶対故障しないことである。ここでと思うところで、カバの口に、故障中の札がぶらさがっていては興ざめである。

(八三・五)

きちんとした仕事

むかし、日本で外国に自慢できるものは、国鉄と海軍だったという話がある。国鉄の運行時間の正確なことは世界一だったし、海軍の人間同士の信頼感はやはり群を抜いていたと思う。

船を動かして戦闘するためには、乗組員全員が互いに信頼していなければどうにもならない。大砲屋があっちの敵をねらうつもりなのに、航海屋がこっちに艦を走らせたら、どうにもならない。毎日新聞OBの河辺靖さんから、次のような話をきいたことがある。

学生時代、どうしてもドイツのカメラが欲しかった。が買う術がない。知り合いに海軍士官がいたので、ローライコードというカメラを買いたいのだと相談したら、何カ月かかるかわからんが引き受けたと、いとも簡単にうけあってくれた。あまりに安うけあいなので心配していたが、何カ月かたったら本当にピカピカのカメラを持ってきてくれたという。ドイツで実際にカメラを買ったのは誰か、何人が介在しているか一切不明だがとにかく、カメラが入手できた。河辺さんは海軍の人たちの信頼度に、たいへん感激したという。

話かわって、先日、ロンドンのデザイン専門誌から手紙がきて、日本のデザイナーの作品がアメリカのコンテストに入選したから、その作品の写真を送れという。そこであちこちに電話して、東京のゼロデザインズと京都のパルアートルームであることをつきとめ、カラーフィルムを送ってもらい、イギリスに至急転送した。

その結果、受け取ったでもなければ、雑誌に乗せたでもない。ウンとスンともいってこない。友人のロンドン在住のデザイナーにきくと、版下などよほど催促しないと返却してくれないそうで、頭にくることが多いそうだ。大英帝国のビジネスがどこかゆるんできているのだなと、感じたのである。

先般、ロンドンに行った際、サッカースクールのこどもたちにちょうどよい土産をみつけた。ピカデリーの土産物屋にあったイギリスサッカーチームのバッジである。アーセナルやフォレスト、マンチェスターやノッチンガム、それぞれの意匠で美しい。いろいろまぜて七十個くれといったら、腕っ節の強そうなアンちゃん、はじめはびっくりしたが、自分の裁量で若干割り引きしてくれた。そして一個一個ピンの具合を試しながらチームごとに分類して紙袋に入れ、その上にチーム名を書いて個数を記し、全部を大きな袋に入れて、日本のこどもたちによろしくといった。

顔つきからいって、教養のある人間とは考えられなかったし、また、店も三流のいわば雑貨屋である。Tシャツ店員の方がネクタイ族より、よほどきちんとした仕事をしたわけだ。イギリスをみくびろうとした私の了見は、雑貨屋で転換した。

（八三・八）

ユダヤ人の商法

せんだって、イスラエルのテルアビブに、サイテックス社をたずねた。レスポンス三〇〇シリーズのプリプレスページメークアップシステムを見るためである。機械そのものは、あちこちの機材展で見ているし、日本にも二十台近くのシステムが導入されているから、むしろ、工場だの社長の顔を見に行ったというほうが正しい。

詳細は、印刷雑誌の九月号に書いたから、ここでは、アラジ社長の技術者的ファイトとロウ副社長の営業的センスを賞讃するにとどめておこう。それよりも、はじめて訪れた、イスラエルという国のファイトに感じたことを報告しよう。

日本にいて、イスラエルとかテルアビブと聞くと、いかにも物騒で、鉄砲玉でも飛んできそうな感じだが、出入国の厳重さは別として、旅行者にはなんの不安もあたえない。

豪華ホテルには欧米から聖地参拝の人々が多勢乗りこんできていて、暑いからTシャツ半パンツ姿で歩いている。ちょっとした観光リゾート地帯のようだ。最先端のコンピュータ会社や、ダイヤモンド加工会社も、写真で見るかぎり、首脳部の人々はノータイの気楽な恰好である。エルサレムの聖地も、もちろん軽装でよろしいが、靴を脱がされるところと、半パンツの人は腰布を巻かされるところと、無帽の人が、小さい帽子をかぶらされるところがある。

なにしろ、ユダヤ教、イスラム教、キリスト教の三大宗教の発祥の地が、狭い地域にかたまっているのだからたいへんだ。イスラエルが戦争までして、この地を確保したいという気持がよくわかる。

そうだ。クリスチャンのガールフレンドになにか買って行ってやろうと土産物屋をのぞくと、エイラートストーンのネックレスや金属細工にまじってヨルダン川の水や、空気がビン詰になって売られている。水を買って行っても日本の水と違いはなさそうだし、空気を土産にしても、随喜の涙を流すような彼女ではない。ネックレスは高価に過ぎるし、けっきょくやめてしまった。

町から一歩離れると、荒地の連続だが、いま国中をあげて必死に水を引き木を植えている。おかげで特産のオリーブをはじめ、果物類はなんでもあり、ホテルではグレープジュース、オレンジジュースなど飲み放題だ。

ホテルの売店は夜遅くまで営業している。超高級品店は別として十一時半頃まで店を開き、翌朝は七時頃から開いていたと記憶する。店員のおばちゃんは交代のようである。かの女たちはなかなか商売がうまい。店をのぞくとどうぞどうぞといって笑顔で招じ入れられる。仕方がないから指輪でも見せておくれというと、カウンターの向う側の引き出しを抜いて、遠く手の届かないところでダイヤの陳列をみせる。とても手の届かない値段である。この辺はいかがでしょうと、中級のをみせる。まだ高いというと値ごろのグループを見せる。寿司でいえば、松竹梅の順序に見せるのだ。

イスラエルのシェケルがないというとドルでもよいという。（本当はドルのほうがよいらしいが。）ドルもないというと日本円でもよいという。あの調子では世界中、どこの貨幣でもよいというのではなかろうか。

小生の友人たちは、ついに免税措置までして盛大な買いものをする破目となったのである。

帰国後、一人の友人あて、くだんの店から手紙がきて、たいへんすまないことをした、九ドル余計にいただいてしまった。この次、来店のとき、この手紙を見せてくれればお返しするとあった。その人の会社の社員がちょうど、テルアビブに行くので、九ドルとりかえしてこいと命じたという話だったが、なんとも義理がたいことである。
だが待てよ、九ドル返してもらっても、あの調子では結局、大きな買物をさせられるのではないだろうか。ユダヤ人の商法よってかくのごとし。ガールフレンドには、この美談をもって土産とした。

（八三・九）

地震対策

商売柄、本屋の店先きをのぞくことが多いが、本の並べ方で世の移りかわり、世相といったものを知ることができる。昨今、平ら積み（棚でなくて台の上に乗せたもの、売れ筋の本をのせる）の単行本は、小説はソフトのたとえば渡辺淳一の「ひとひらの雪」などが多い。文学ものに対してノンフィクションも多くなって、健康もの、趣味日曜大工にセックスものも幅をきかせている。健康ものの中で、とくにめだつのは精神衛生に関するものと、やせる本。やせるのは美容上かも知れないがとにかく、太って精神不安定の人が増えている証拠だ。

不安といえば、東西緊張の軍事ものと天災ものが目につく。とくに地震の本の多いのにはおどろく。地震の神さまでもいたら、ニヤニヤ笑っているだろう。これらの本を読むと、明日にでも起こりそうな気がして、水を水筒に入れたり、ヘルメットを買ったりするが、しばらくすると、忘れてしまう。個人の場合はなおさら、会社でも、古くなったカンヅメを食ってしまって、あとを補充しないことがあるのではないかしら。食ってしまったときに地震がやってくるかも。

よその会社では、地震対策としてどんなことをやっているのかしら。各人に自分の食物を用意させている社もある。費用は会社持ちらしい。会社で完全な生活用品を整えているところもある。すぐに業務が再開できるよう段取りをつけておくことも大事だ。

けれども、いったいどのくらいの規模の地震がきて、どのくらいの被害があるかということは、なかなか予測ができないようだ。食糧自給は何日間持てばよいか。電気やガス・水道はどうなのか。生きのびても、下水管がつまれば、近ごろの大都会では糞尿地獄が出現し、着のみ着のまま、腹は減ってクソ小便だけは出る。ゴミの山、死骸の山、どうやって処理するのだろうか。

たしか方丈記に地震災害が出ていたはずだと調べてみた。正確には文治元年（一一八五年）の七月、京都地方に起こった大地震で、在々所々、堂舎・塔廟、一つとして全からず……とあるからたいへんなもので、しかも、その名残りが日に二、三十度あり、次第に回数が少なくなったが三月ばかり続いたという。

ついでに、この本に記されている災厄は、大火、辻風、遷都（天災ではないが）、飢饉、地震であるが、もっとも悲惨なのは、餓死の状況だ。仁和寺の僧が悲嘆して死人の首を見るたびに仏縁を結ばせ数えたところ、二カ月、左京の区域で四万二千三百あったという。その頃の人口からいえば、たいへんな死亡率であったろう。

そして著者の鴨長明は、郊外日野山の奥に草庵生活を営むことになるが、人と住家の不安、不定をのべる。

それから八百年、建物は堅固になったかも知れぬが、地震を防ぐ手だては出来ていない。ガラス張りの高層建築には、大小さまざまの看板がぶらさがり、入り口の少ない地下道地下鉄は四通八達、地上にはガソリンを抱えた無数の車が高速で走る。ドーンときたらいったいどうなるのか。

それでいて皆さん、割合ノンキで楽天家でいらっしゃる。自分が死ぬとは決して思っていない。小生も同じだ。小生とガールフレンド一人くらいは生きのびるだろうと思っている。いい気なものだ。

（八三・一〇）

印刷媒体と電波媒体

「現代なんでも印刷術」というテーマで、ＮＨＫ総合テレビの番組ウルトラアイの相談相手となり、かつ出演した。もとは拙著「印刷こぼれ話」であってこの中から一般受けのする面白そうなお話を紹介した。

まず、曲面印刷の一種であるカールフィット法。水溶性フィルムにグラビア印刷しておき、このフィルムを水に浮かべる。器物を水中に入れ持ちあげるとべったりと模様がつく。乾燥保護塗装すれば、凹凸面自由に印刷ができるという仕掛け。山川静夫アナのイントロによって、宮崎美子さんや黒金ヒロシさんは大日本印刷の人に手伝ってもらいながら、みごと、メロンと小便小僧の人形に模様をうつした。釣竿やハイヒール、電話器や時計の装飾に利用されている。

つぎは油絵のよく出来た複製。どちらが本物かをあてさせる。そこでカラー印刷は三色の網点で構成されていることを説明。実験は細かく切った黄色紙と青色紙を指定の場所に三十人の視聴者が貼る。これを遠方から見ると、白地の入った部分は淡く、そうでないところは緑に見える。粗目の網印刷物から細ま目の印刷物、何枚かを順次見せてゆくとだんだん画像が見えてくる。ここで拡大網点の併置、重なり合いによって色がどんなに変るかを見せる。見物人は拍手。

一番喜ばれたのはレイアウトスキャナの実験で、山口容子さんがブラウン管でやせたり太ったりさせられ、背景は都会からハワイの浜辺になり、セーター姿が上半身水着姿となる。容子さん、そのたびにキャーキャーさわざ見物は喝采。

専門家も驚いたのは静電印刷の実験で、豆腐から御飯、すまし汁まで印刷の対象とした。

最後は発泡インキで字を書き加熱して盛りあがったものを凸版として年賀状を印刷。宮崎美子さんは上手に字を書いたが、印刷物は逆向き、というところで幕。


この番組は全国放送であって視聴率は二十数パーセントときいた。ちょうど選挙の結果を午後七時のニュースで流し、そのあとすぐウルトラアイがはじまって、山川アナの、さあおたちあい、今日はまず印刷マジックからご覧いただきます、と名調子が流れたので思わず見てしまったという人も多かろう。目の子勘定でも百万人は見た筈で、翌日から私の会社の電話はなりっぱなし。特殊印刷の技術について知りたいという人も多く、こ

う い う 方 に は 大 日 本 印 刷 や オ リ ジ ン 電 気 を 紹 介 し た 。 と こ ろ が 友 人 知 己 の 電 話 は い ろ い ろ 感 想 を 述 べ る 。 こ れ が た い へ ん 面 白 か っ た の で 次 に 紹 介 す る 。 新 聞 社 の 人 は 、 夜 遅 く ま で 勤 務 し て い る こ と が 多 い の で 、 番 組 を 見 て い な い 方 に は 興 味 が な い と も 思 う が 。

新 聞 関 係 者 と し て は 、 ご 存 知 日 本 新 聞 イ ン キ の 長 谷 川 勝 三 郎 さ ん 。 た い へ ん 面 白 か っ た 。 お 前 は イ ン キ と 発 音 し て い た が 、 放 送 局 の 連 中 は イ ン ク だ っ た 。 な ぜ だ と き く 。 こ れ は Ｎ Ｈ Ｋ 放 送 用 語 は イ ン ク な の で 仕 方 な か っ た の で あ る 。 小 生 は イ ン キ で 頑 張 っ た 。 ま た 、 長 谷 川 さ ん い わ く 、 オ レ 宮 崎 美 子 好 き な ん だ 、 今 度 紹 介 し ろ と 。 冗 談 で は な い 、 大 先 輩 に 紹 介 で き る ほ ど 親 し く な っ た わ け で は な い 。

千 代 田 総 業 の 宮 本 英 朗 さ ん は 、 レ イ ア ウ ト ス キ ャ ナ で 女 性 を 水 着 に し た の は 、 お 前 の 企 画 だ ろ う と い う 。 こ れ は 間 違 い 。 デ ィ レ ク タ ー が 勝 手 に やったこと。

本当はスッポンポンにして、それは公開せず、お前だけで楽しんだのだろうという悪友もいた。また、お前は十万円がとこ貰ったろうというのもいたが、とんでもない。その五分の一がいいところだ。もっと本質をついた意見としては、なんでも印刷というか、本物もあるぞという一言を入れてほしかったというもの。また、進んだ印刷技術を見て、将来に希望が持てたという業界人、業界外への宣伝としては今年第一のヒットだったと褒めてくれる人。服装がきまっていたというガールフレンドたち。ずいぶん禿げたという旧友などがいた。

本を書いても、ほとんど反応がないが、テレビの偉力には本当におどろいた。ただ花火と同様で持続性はあるまい。そこへ行くと、本はいつかどこかで読んでくれる人がいる。はからずも印刷媒体と電波媒体の長短をみせつけてくれた。

心残りは、昔のガールフレンドからひとつも連絡のなかったことである。あまり禿げたので自分の婆ア化は棚にあげて、電話する勇気を失ったものとみえる。

（八四・一）

万年筆

　ある人がカカアは貸しても、カーは貸すものじゃないというから、そんならカカアを貸せといって、たいへん叱られた。自動車は運転者のクセによって、一台一台違うものになってゆくようである。万年筆も同様で、長年使いなれたものは自分の手になじんで、書きやすくなり、ペンの太さも適当にドッシリとしてきて、たいへん具合がよろしい。

　いま、この原稿はパーカー75で書いているのだが、これは新品で育英高専の垣生真一氏から頂いたものだ。というのは十年以上も前に彼が渡米土産に買ってきてくれたのであって、七冊の本を書き、指の一部のようになっていたのだが、先般、紛失してしまったのである。本当に残念だといったら、垣生先生、天井裏を探したら、土産の残りが一本出てきたといって進呈してくれた。大分、金目のものが隠されている家である。たいへんありがたかった。これから大いに使いこまねばなるまい。

ところで、このパーカー75は現在二万五千円で、もう製造中止だという。ボールペンに押されたのか、ワープロのせいか万年筆もだんだん消えてゆくのであろうか。いま、筆者のねらっているのに、モンブランの金筋三本入りがある。モンブランは新聞インキの関靖夫氏がはじめて海外出張したときくれたのを使ってみてインキの出具合や、にぎったときの感触、またいかにも万年筆らしいスタイルに魅せられた。

筆者の少年時代は中学生になると、はじめて長ズボンをはき、万年筆や時計を買ってもらったものだ。いっぺんに大人になったような気がして胸のポケットに誇らし気に挿したものである。

自分の小遣いではじめて買ったのはパイロットで、特殊なインキビンにペン先を突っこみ、逆さにするとインキが軸に入るという面白いものだった。これは硬い合金のペン先がついていて、ずいぶん長いこと使った。おそらく十五年くらいは大事に使っていたように思う。

そのうち、出征することになった。そろそろ物資が不足してきていたから、みな金一封の餞別をくれた。モノをもらっても軍隊に持って行けるとは限らないが、そこはそれ、ガールフレンドたちのやさしい心根は、ささやかなプレゼントとなったのである。Y嬢からは真白なハンカチに水茎のあとも美しく、

健やかにたたかひませといのりつつ　きみがかどでをおくり申さむ

と認めたのをもらった。K嬢からもらったのが万年筆で、申しわけないが、はっきり銘柄を覚えていない。もうひとつ申しわけないことに、一年経って部隊に配属になる日の朝、中学時代の友人が訪ねてきて、出発前の五分間、話をした。いよいよ別れるとき形見をくれと彼がいう。当時の心

情として、やむを得ないものがあったが、私は胸に挿していたK嬢万年筆を渡したのである。他になにも持っていなかったからとはいえ、あとあとまで、心にひっかかった。Y嬢のハンカチは、いまも大事に持っている。

お蔭で健やかに復員できたのである。両嬢ともいまどこにいることやら。

（八四・二）

かんざしとふんどし

いつだったか、新聞協会で話をしたとき、新聞紙面のレイアウトは装飾過多だ、花魁のかんざしだ。野郎のふんどしでなければならない、と生意気なことを申上げた。かんざしは日本髪を飾るにふさわしい小道具だが、おいらんほどのかんざし（といって芝居や写真で見るだけだが）となると、いっそ醜悪である。そこへ行くと野郎のふんどしは簡潔直截である。すべてレイアウトは、スッキリハッキリをもって可となす。かんざしについては小生、ガールフレンドに贈呈したこともなし、種類もぴらぴらかんざしか、平打ちかんざしくらいしか知らぬ。ふんどしの方は、予備学生として海軍で鍛えられたから、三つの種類を知っている。

ふんどしは、品よくいえば下帯であるが、水泳に使うのは、やはり赤フンといった方が感じが出る。六尺ちかい木綿布を頭の高さに持ち上げ、前から後ろにまわして胴をしめる。結びめが腰の上方にくる。きつめにしめると気持ちがひきしまる。いわゆる緊褌一番である。いつかこのフンドシをしてズボンをはいたところ、腰の結びめが出っぱって、どうにも具合が悪かった。この種は布地を多量使う。

越中ふんどしは、この欠点を改良した。細いひもでしばる。布地も少量ですみ、軽快だが多少不安定である。前をおおう布はひもにひっかけるだけだから、身体の運動とともに若干ずれを起こす。軍隊のように猛烈な訓練をつぎからつぎへと課せられ、ふんどしの具合も直せないと、遂には外れることがある。「かけごととふんどしは向うから外れる」とは、うまくいったものだ。

外れても直すひまはない。鉄砲かついで走っているうちに、引力の働きで少しずつ布地は下におりてくる。ズボンの右か左か分岐点でとどまってくれていればありがたいが、おれは右翼だとばかり下ってくると、ズボンの下からチョロチョロ顔を出す始末となる。ほんに始末に負えない。体力的に余裕のあるうちは他人様の不様（ぶざま）を見て笑っているが、疲れてくるとそれどころでない。長めのふんどしをした奴が、裾から引きずり後から来た男に踏まれて倒れる。踏んだ男も重なって倒れるといった奇禍もある。

相撲のふんどしは、六尺ふんどしの変形だろう。ただし生地が違う。本職の関取のは絹かなんからしいが海軍のは厚地の木綿だった。戦後、このふんどしだけ持って復員した人が足袋の裏を作って重宝したと話していた。それくらい厚い。これを素裸にじかに締める。一人では締められない。戦友同士、掛け声出して締めっこをする。土俵に上がるとこの戦友すべて敵だ。勝ち抜き勝負でなく負け抜きである。勝つまで土俵を相つとめねばならない。負けはじめたら疲れてくるし、なかなか勝てたものではない。真冬というのに体は真赤、顔は無念の形相ものすごくとても生きものとは思えない。………

このほかに、モッコフンドシというのがあるそうだが、これは、私は使用したことはない。とにかく、ふんどしは、長方形の白い布地である。しかも顔を拭けるくらいきれいにしておけと躾けられた。実際にズボンを脱がされて検査されたこともある。かくて、わが青春の一時期は簡潔にして清潔な下帯をしていたのである。

いやいや、いまでも愛用している人はかなりいる。まして、例の欠点、つまり外れやすいのを改良した商品がデパートにあるそうだ。

いやはや、新聞紙面レイアウトの問題が、とんだ、外れた話になった。

（八四・四）

ガールフレンド

この欄にときどき登場願う「ガールフレンド」という言葉であるが、実は筆者はそう詳しく探索して使っていたわけではない。先日、藤田栄一著「日本人英語から抜け出せる本」を読んでいたら、女子大でアメリカ人の先生が学生になにかと「ガール」を使って反感を買ったとあった。先生は親しみを込めて、ユーナイスガールとかなんとかいうと、女子大生は私たちを子供扱いにしてといって、不満がつのり、ついにボイコットまで発展しそうになったという。

また、同書で、外人からガールフレンドになってくれといわれ、気軽にOKした日本女性がホテルに夜訪問され、部屋にちん入されようとしたのでゴタゴタした話が紹介されている。この場合は、「恋愛や結婚に発展する可能性の強い女友だち」の意味であるから、先方外人の行為は強引でも色事師でもない。前の女子大の先生は、「女の学生さん」という意味くらいの気持で使っているわけで、これも「てめえらガキ、ジャリ」という見下げた気持ちではない。言葉というものは、話し合う両人が同じ概念を持っていないととんだ誤解に発展しかねない。

日本で現在、ガールフレンドというと、単なる女友達という意味と女の恋人と二つの解釈があるようだ。女の恋人というのも変な表現だが、これは現代用語の基礎知識の説明だ。同じ本でボーイフレンドを引くと、こちらは少々長くて「男友だち」のほかに、結婚前の娘が待ち合わせしたりして楽しく遊ぶ男の友だちとなっている。

要するに、人間の半分は男、あるいは女だから、友人は男でも女でもあっても差し支えないはずだが、そこはそれ、男女七歳にして席を同じうせずなどという教えがあるものだから、男にとっては女の友人、女にとっては男の友人が特別に貴重な存在か、あるいは特別な意味を持ってくるのであろう。ある程度年をとっていてもガールフレンドというが、ウーマンフレンドとはいわない（ようである）のも不思議だが、サミットでサッチャー首相と仲よくなった各国の首脳が夫人をつかまえてウーマンフレンドともガールフレンドとも呼ばないだろう。

「夫人」といえば前掲の本にミスとミセスについての話が出ている。離婚したおばちゃんをミセスアンダーソンと呼んでしくじった例をあげている。六十過ぎての女性を、われわれ日本人はミスと呼ぶ習慣感覚はないが、アチラではそれが当然。そこで最近ミスでもミセスでもない、ミズという語が出来たそうであるが、日本のように、十把ひとからげ「さん」で片づけるのは楽でよい。ただし「さん」の他に「くん」があって、これは男の友人以下につける敬称だ。

もっとも、近ごろのように、一見若くて魅力的な女性が社会にうようよ進出してくるようになると、ミスかミセスか分からぬ場合も多い。はっきりミスなになにと呼ばれていれば気軽に誘うこともできる。ミセスなになにの場合は、よほど用心して近づかないと危険である。どうです、職場で既婚夫人（正確にいえば結婚中の女性）は、なになに夫人と尊んで呼ぶことにしたら。

（八四・五）

ドイツ博

自分自身こどものときをふりかえってみて、ドイツについての認識はいつごろからであったろうか。いろいろ聞かされた童話や、少年雑誌にのっていた第一次大戦の話は別としてツェッペリン飛行船が日本に飛んできたときは、父の背におぶわれて銀色の巨体を見た覚えがある。少年倶楽部の付録についていたドルニエ大飛行艇を組み立てたときの思い出、芝浦にハーゲンベック動物サーカスがきて、オットセイが巧みにラッパでローレライの曲を奏していたのを思い出す。とても遠い国、なんだかすごい機械を作る国、大きな動物園のある国という印象だ。

戦後、何回かドイツに行って次第にはっきりとかの国を認識できるようになったが、今回のドイツ博をみて、さらに底力というものを感じた。

表面的には、自動車にしてもカメラにしても、あるいはコンピュータにしても、日本が抜き出たように見えるけれども、商品に対する考えがまるで違っているようだ。

車のコーナーには、ベンツ、ＢＭＷ、アウディ、ポルシェなど名だたる名車があって勝手にシートに坐ることができる。走らせることは出来ないが、運転席に坐った感じは、カチッとしていて実にたのもしい。

日本車は女性の体に腰かけているようだが、ドイツ車はホモですよ、男の体に尻をのせている感じ。ポルシェのコックピットに坐ったらドアの開け方が分らなくなって、日本人のセールスマンに助けをもとめた。彼はカモがきたとばかり署名させ、後日説明にあがりますといった。困ったことになった。……一番安いタイプでも一千万円はするだろう。小生ごときは中古の中古がやっと買える程度ではあるまいか。

カメラではヒンデンブルグ飛行船の爆発事故を受けたライカ、八千メートルの高さから落下したライカ、弾丸を受けたライカなど、変形はしてはいるがまだ使えそうである。

車とは人間を安全に運ぶもの、何万キロの走行に耐えるもの、何十キロのスピードでぶつかってもこわれないものというような定義が第一にあるのではないか。カメラとは何千メートルの高所から落しても使えるもの、一生使えるもの、などなど。やたらと流行を作り、どんどん使い捨てにするのが日本流で、ドイツ流とどちらがよいか一概にはいえないが、商品に対する愛着はドイツのものが強いのが当然である。

それともうひとつ基礎研究の差があるのではないか。印刷技術の分野では、とくにオフセット印刷機上のインキや水の挙動について詳細な報告がFOGRAから出るし、またその応用製品といえる自動コントロール装置も、ドイツの二社が先べんをつけた。

（八四・六）

小樽新聞社

先般、所用があって札幌に行った際、野幌森林公園の中の北海道開拓記念館を見てきた。知人の栗谷川健一氏のデザイン構成も見たかったし、石版印刷機の古いのがあるときいていたからだ。

おめあての機械は二階にあった。小型の手引石版機で、現在ではちょっと他では見られないだろう。担当の丹治さんという方の説明を聞くうち、別の場所に活版印刷機もあるということで、それがいつごろのものか不明、昨日、東京の心あたりに電話をして、印刷学会出版部の山本さんという人に尋ねようとしたら、あいにく出張中とのことでしたという。

私はたまげて、その山本さんがこの私ですよというと今度は丹治さんがたまげて、きのう電話した人がどうしてここにいるのですかという。どうしてかといったって、きのう東京を発って札幌に着いたのですと、互いにわけのわからぬことをしばらくいい合っていたが偶然とは面白いものだ。

そこで新着の活版印刷機だが森林公園の中に開拓村というのがあり、これはいわば北海道の明治村だが、昔の札幌駅舎、浦河庁舎、北海中学など四十もの旧い建物を移築してある。その中に小樽新聞社の社屋があって山藤印刷会社が寄贈した活版設備があるという。早速見せてもらうことにした。

記念館を出ると広々とした森林の中に、いろいろな建物が並んでいる。小樽新聞社は四階建の木骨石造り。部屋の中もきれいに整備されて、一室には活版道具もあり、手入されている。印刷機は小型の手フート印刷機である。あまりに美しくペンキが塗ってあるのでいつごろ出来たものか見当がつかなかった。

元来、日本で印刷機なるものが作られたのは明治九年、石川島造船所でのことで、このとき作られたのはロール型の印刷機である。手フートについては、しかとした文献がないので、ご存知の方はお知らせ願いたい。
石川啄木ゆかりの小樽新聞社を野幌の原野に訪ねてはいかが。帰途はすすき野で精進おとし。

（八四・七）

イメージアップ

電車の中で中吊りを見てたらコピー一枚何十円という広告。ずいぶん安いなあと隣りの中吊りを見たら、コピーライターのマガジンが創刊されたとあった。前者は複写の意味で、後者は広告文案作家の意味である。コピーライトというと著作権のことになり、またあいつはナニナニのコピーという場合は、複製版とか影武者とかそんな意味になるようである。また、読み合わせ校正のとき、原稿を読む人をコピーホルダー、何部というとき、たとえばスリーコピーズというようである。コピイングプレスは昔風の紙型用の圧さく機である。いろいろ並べたてたが、このごろ、流行のものは、最初に述べた複写と広告文案である。

時代とともに職業の名称も変化したり、昇華して、図案家がデザイナー、また下女は女中へ、さらにお手伝いさんと昇格した。この伝でゆくと、旦那が社長、大番頭が副社長、手代が部長か課長、でっちは新入社員だ。

新聞は、瓦版から新聞に昇格して明治以来そのまま、言葉が変化しないで内容が進歩した、数少ない例である。また今後も変わらないだろう、変わってほしくない。シンブンシャというのは独得のリズムがあってよろしい。いくら最近の「情報」「インフォメーション」ばやりでも、朝日情報社とか、ニッケイインフォメーションコンパニーなどと改名してもらいたくない。

そういえば「印刷」も古い言葉で、イメージが悪いから変えろということで、学校でも印刷科をやめて、画像工学科とか、画像技術科とか、一犬虚を吠えたら万犬実を伝えて（少し大袈裟かな）、印刷科が逆に肩身がせまいようになってしまった。ところが最近、大日本印刷の山辺常務のテレビ出演の反響などで、印刷のイメージが大分向上してきた。印刷会社というのは従来の印刷にとらわれず、新技術をどしどし開拓しているというので見直されてきている。そそっかしい学校では、復旧作業をせねばならない。

先日、銀座の和光に行ったら銅版印刷受注のコーナーができているので驚いた。和光といえば銀座四丁目の高級時計宝石店である。物を食べながら店に入ってはいけない、とちゃんと入り口に書いてある。ハンバーガーなどかじりながら、オメガだのロンジンをいじられたら、たまったものでない。こういう高級店舗はもっとあっていいと思うのだが、そこで名刺やレターヘッド・カード類を引き受けるのは店のフォーマル化ポリシィの一端であって、米国の会社と提携しているのだそうだ。名刺に例をとると、五十枚で一万五千円から二万円、銅版彫刻代がやはり同じくらい。日本でやらせるよりいくぶん安い。期間は一カ月かかる。それと係員が美しい女性ときているから嬉しいね。寅さん映画のタコ社長のようなのに注文するのはごめんだ。

（筆者からの注意。必ず注文する人だけが行って下さい。ひやかしばかりでは小生の立場が悪くなる。）

（八四・八）

二河白道

文芸春秋の百目鬼恭三郎執筆、「風とともに去った朝日新聞」を読んでいたら、二河白道（にがびゃくどう）という言葉が出てきて、教えられた。火の河と水の河にはさまれた細い白い道のことで、そういう危険なところと知らずに歩いているというたとえであって、新聞社の人事も親分子分の派閥がものをいうのに本人は知らなかった、とのことであった。新聞社のことはよく分からないが、世の社長族はみな二河白道を歩いているようなもので、ちょいと左か右に踏み外すとたちまち火中か水中に落ちる。それも社員家族もろとも、関連企業をまきぞえにするのだから怖ろしい。ところで小生も先日、火と水の厄にあった。

新富の印刷会館でトイレに行こうとて、なにか考えごとをしていたのだろう、多分、新聞技報のタネを考えながらうつむいて用を足そうとした瞬間、おでこをいやというほど水洗プッシュボタンにぶつけ、目から火が出て次の瞬間、水がじゃーと流れ出た。これ即ち火難と水難であって、他日ガールフレンドにコブをとがめられ、理由をせまられてかくかくしかじか。またぞろ軽蔑されて女難も追加された。

ぶつけてびっくりして用を足さずに帰ってきてしまった。あとで子細に調べると、古い便器はそのままにして、水洗装置を新しくとりつけたものだから、配管の都合で異常にプッシュボタンが飛び出ていることをつきとめた。アメリカだったら、早速訴訟問題に発展する可能性がある。

いまどき、高速道の便所でさえ、人が前に立つと自動水洗が働く装置をつけているのだ。印刷あり文化ありと威張るなら、小便くらい安心してできる装置をつけてほしい。潜水艦ではあるまいし、でっぱったパイプを気にしながらトイレに入るのはごめんである。

小生、バーとクラブにはあまり馴染みがないが、レストラン、料理屋の類いでは、かならず手洗いを拝借することにしている。いくら料理がうまくて座敷が立派でホステスが美人でも、手洗いが汚いと二度と行く気がしない。

最近、訪れた店では、巣鴨のPというフランスレストラン、これは店は小さいが料理は一流、トイレも一流であった。それと鈴木三平氏ゆかりの京都のクラブI。ここのトイレは、中で海軍体操したくなるような広さで、おまけに香がたいてある。二河白道の心配をせず、ゆうゆうと用が足せる。ありがたいことだ。

(八四・一〇)

ことし一般印刷界で流行しそうなこと

中国の正月は、赤い紙にめでたい文言を書いて門口に貼り、魔除けとして春を祝う。数年前の夏、広州の印刷所を訪問したとき、この紙の印刷に大忙しであった。赤地に黒の文字は強烈な印象を与える。同じ広州で絵の展覧会を見に行ったところが、いわゆる中国風の絵画ばかりで、絵の好きな小生もいささかうんざりした。

絵の批評家でもない私がこんなことを書くのは筋違いだが、中国の絵はいわゆる水墨画に色をつけたもので、墨色が絵の基調をきめているようだ。極端にいえば色はなくともよい、黒の写真版があって、これに大事な部分だけ色をつけたようなものである。

一般に絵とか印刷とかで色調ということをいうが、色の種類というものと、調子というものが混然としているから、わけがわからなくなる。これが中国の絵のようだと大分理解しやすくなる。

ところで、いま日本の印刷界ではＵＣＲを極端にきかせた、手法が流行しようとしている。簡単にいうと濃い色のところは四色が重なり合って発色している。黄、マゼンタ、シアン、墨。このうちどうせ墨をのせるなら他の三色は遠慮してもらうというのが、根本的な考え方だ。そうするとインキが節約できるし、乾燥も早く、印刷スピードもあがるというわけだ。

これは写真的に三色分解していた時分にはなかなか難しいことだったが、ご存知カラースキャナで電子的に分解するようになると、スイッチひとつの加減で簡単に出来るのだ。そこで、スイッチを目いっぱいまわすと極端なＵＣＲができる。

ＵＣＲとはアンダーカラーリムーバルの略で日本語では下色（シタイ

ロ）除去という。下色百パーセントは、黒の他の色を全部除外ということで、服装にたとえるなら、どうせ肉体が見えないのだから、下着は全部とってしまえ、ズボンの下はスッポンポンの裸ということ。下着の分だけ服装費が倹約できるのは当然だが、ひょっとするとカゼを引くかもしれない。

印刷の下色除去もやりすぎると分解版を見てもなに色の版だか分からないという欠点も出てくる。現在どこのスキャナメーカーでも、この版ができるよう回路を組みこんでいる。新聞カラー刷りにも利用できよう。ただし、新聞ザラと、新聞用色インキの特性を勘案しないと、十分な効果は期待できないと思う。こういうことを書くと、そうでなくとも伸び率の悪いインキ工業界から叱られる心配がある。赤い札でも門口に貼って「色難」を逃れることにしよう。

（八五・一）

S博士のこと

　S博士とは佐柳和男氏のことである。人も知るキヤノンの技術者で、米国で教べんをとったこともあり、アゴヒゲロヒゲボウボウ、ちょっとした風貌である。私の友人にはいろいろ変わったのがいるが、このS氏もおもしろい人物だ。現在、色の研究をしている。

　コピー屋としての色再現のため、多くの文献をあさり、研究も行い、論文をあちこちに発表している。欧州の印刷界で話題となっているウンバントアウフバウ（簡単にいえば百パーセントUCR、墨版フル活躍）について早くから気づいていた。かれはカラーリプロダクションを新しい観点からながめ、三元三次方程式を解いて墨版の問題を解決しようとしている。

S氏の側面を紹介することにしよう。

かれは滞米中に浮世絵の蒐集をやった。美人画を眺めているうちにカンザシが気に入り、これを集めるようになった。ヒゲ面が真夜中にサンゴのカンザシをもてあそんで、そのかつての持ち主を偲んでいる図は、妖しくて江戸川乱歩的である。

かれのもうひとつの趣味はカラオケである。初冬のある夜、渋谷のジルという歌謡道場に連れていってもらった。ここは道場であるから竹内成一という先生がいて、壁には門下生の名札がズラリとかけてある。S氏はなんと五段である。

五段の腕前はどのくらいかというと、文章にはかけないが、わかりやすくいえば素養のある人がこの道場で修行二年半、レパートリーは百五十曲というのが彼の説明である。道場にはちゃんとステージがあって照明も本格的、何曲かきかせてもらったが、さすがにうまいもんだ。

上達の秘けつを教えてもらった。一つは、いい先生につくこと、先生のいうとおり忠実にすること、途中でやめないこと。まあ、いって見れば平凡で当然のことだが、S氏は、大学での講義の合い間に、研究者としての心構えを、カラオケを例にとって話しているという。学生もよく納得するそうだ。

私も大いに納得したので、道場の隅においてもらうことにした。そこで今年の年賀状には次の文言とした。

夢おいざけきたのほたる
なにわぶしだよ人生は
からおけうたおうお正月

として、夢と正の字を赤刷りにした。

かれはまた印刷物の三色網点による発色について関心をもって調べていた。これはいわゆる加色法による網点の発色でカラー複写についての基本研究だったのである。ＨＥＪノイゲ・バウアーについては尊敬し、娘さんを自宅に招き、一夕、同学の士を集めて歓迎会を開き、かれはホスト役をつとめた。

（八五・一）

しくじり

昨年の暮れ、有名人がいろいろ失敗をしておもしろかった。他人様の失策をむしかえして紹介し直すのは、いささか「フライデー」誌的で気がひけるが、週刊誌の類いは早速とりあげてからかっている。私は他人の失敗をからかったり、茶化して喜ぶような品のない真似はしたくないが、なにしろ、後世に残るような出来事であった。

例のＮＨＫ紅白歌合戦での司会者は、出演者の名前をとり違え、歌手は自分の持ち歌の歌詞を間違え、惨澹たるものであった。また、この二、三日前、天皇杯サッカー準決勝で名人木村選手が、絶好のチャンスを二回ものがし、彼のチームは決勝には出られなくなってしまった。

こういうプロにしても誤ちはあるもの、かれらはその晩寝られなかっただろうと同情する。そこでだ。われわれの仕事の、新聞雑誌書籍の編集上の誤りは、いくら注意しても発生するものであり、発生してしまったときの処置や気の持ち方が非常に大切となる。上役には叱られるわ、会社には損害をかけるわ、ひとからは笑われるは、まったく生きた心地はしない。そこで世をはかなんで、責任をとってナニするというのはばかげているからやめた方がよい。誤ちの原因を究明し、再発しない処置を講じたら、あとはケロリとしているべきである。

と、ここまで書いてきたら新聞技報一月十日号が配達された。早速、目を通すと信毎の内田友雄氏の文章中に、「鶺鴒（せきれい）」を「ひよどり」とかなが振ってある。おそらく編集部で親切心からやった仕事だろうが、これもうっかりミスの類いである。

むかし、雑誌の表紙に凸版製版の広告を入れていたことがあった。凸版の校正は刷りものを切りとって台紙に貼って持ってくる。慎重に見て校了とした。やがて雑誌が出来てくる。スポンサーに送ってヤレヤレと思っていたらH製作所の宣伝部からすぐこいとの電話だ。

行ってみると、届いたばかりの雑誌を持って担当者はカンカンに怒っている。その社の広告にあろうことかあるまいことか、ライバルのIという社名が入っているのである。瞬間、恐縮するよりは名人の手品を見ているようであきれてしまった。次の瞬間、製版所でやりやがったナと思った。つまり、製版は材料倹約のため、多くの仕事をつけ合せてやり、あとで版を別々に切り離すのだ。そのとき、切り離し損なった校正刷りの方は指定通り切り離したから余分の文字を発見できなかったのである。

宣伝部の人は怒ると同時に、何故、他社名が入ったか理解できず、印刷会社の営業部員とともに謝りに行って、理由を説明した。

現在は、こんな仕事の仕方はしないだろうが、活版と違って写植文字の貼りこみはよほど注意しないと、重大ミスを犯すことがある。スーパーのちらしで、商品価格のゼロをひとつ落して大騒ぎになった例もある。

え、そのときの償いはどうしたかって、広告再掲載で勘弁してもらいました。元来、小生そそっかしいことでは人後に落ちない。うら若い頃、宿屋と間違えてアイマイ宿に飛びこんだことがある。その時の話は、いずれ機会を見てお話ししよう。

（八五・二）

育ちざかりの貧乏

小生、野球のことはあまり知らない。とくに選手とか、チームとか、あるいはまたストーブリーグのことになると、もうさっぱりである。時折、週刊誌などに出ている、野球批評家の文を読んで、ボールを棒でひっぱたくにもいろいろ精神的な問題がからんでいることを知って驚いている。

先日、所用があって鹿児島へ行ったら、飛行機の中にプロチームの一団らしいのが乗っていて、ホテルについたら、歓迎何々球団様とあって、コーチやらスコアラーの階に泊ることになった。何週間かの合宿練習だろうが、廊下に規律が大書して貼ってある。

一、時間厳守

二、公営ギャンブルへの出入禁止
三、麻雀は娯楽室のみ（門限のみ）
四、休日の過ごし方は自覚による
五、面会のインタビューはロビーで
六、私物の管理
七、監督コーチの指示に従う
八、自室での酒、ギャンブルの禁止
九、練習時の私語禁止
十、車の運転禁止

とあって、罰則はつぎのとおりである。

一、反抗的態度
二、首脳陣批評
三、規律違反

なるほど。なるほど。そして日課は起床七時三〇、散歩七時五〇、朝食八時〇〇、ミーティング九時三五、ウォーミングアップ出発一〇、門限二二時三〇、消灯二三、となっている。練習は十時から五時頃までだろう。もちろん昼食休みが入るだろうから正味六時間だ。才能のある連中が、一流のコーチから毎日数時間しぼられるのだから巧くなるはずだ。また、このチームの稲尾監督はかなりきびしいというから、当世の若者にとっては辛い日課かも知れない。

戦中派の癖で、つい軍隊と比べてみたくなる。細かいことは省くとして、まず起床は五時四五、五五分から十五分駈足で、朝食七時一五、午前と午後の課業後、夕食一六時五〇、自習後入浴、消灯二一時四五であった。もちろん軍隊だから隊外へは日曜以外一切出られない。行動も規正されている。これは訓練時代だが、実施部隊に出れば、もう少しゆるやかなこともあるが、戦闘は命と引きかえである。こういうきびしい戒律の集団に、多くの若者は自ら志願して飛びこんでいった。途中でへこたれたものもいるが、多くは耐えて、つとめを果した。

野球を職業と選んだからにはきびしい練習は当然で、なにをいまさら酒だとかギャンブルだとか、注意されねばならないのだろうか。

時代は変わったというが、甘ったれの他力本願の坊やたちを鍛える首脳陣もたいへんだろう。

と、こういう話が大好きなガールフレンドに報告する。彼女はブランデーをなめながらしばらく考えていたが、小さいときは豊かで育ちざかりは貧乏なのが、人間を立派にするのではないかしらといった。そしてあたしがいい例だといった。

（八五・三）

アイマイ宿

前々回に、小生若かりしころ、アイマイ宿にとびこんだ話を書いたら、もっと詳しく説明せよとの要望があった。筆者はもともと親切な人間であって、とくに読者や女性から、こうして欲しいといわれた場合、自分をギセイにしてまで奉仕する悪い癖がある。

恥ずかしいことではあるがその失敗とは。

終戦直後の晩秋、先輩に頼まれて新潟市外の松崎村というところに米の買い出しに行った。いわれたとおり新潟駅からバスに乗って村に着いたら、とっぷり暮れて信濃川が夕闇に光ってかすかに見える。松崎に行きたいのだがというと、あの渡し舟でわたったところだと教えてくれた。そこで舟上の人となる。

川面を渡る風は寒く、「風蕭々として易水寒し、壮士わたって再び帰らず」とかなんとか口ずさんで岸に渡ると、人々は散ってたちまち一人になった。さて尋ぬる家はどこかと歩きはじめたが、まったくそのような名前はない。そこで住所を書いた紙片を見せると、なんと今渡ってきた川の向う岸であるという。松崎をマツガサキと読むか、マッサキソンと読むかで、川の右岸と左岸なのだ。

教えてくれた小父さんは気の毒そうな顔をしてどうなさる、もう渡しはないという。どうなさるといっても、泳いで渡れるわけはないし、どこかで泊らなくてはならない。そこでやたらと歩きまわって宿屋らしきものを見つけてとびこんだ。ハイと答えて出てきたのは、しどけない恰好をした若い女で、じろじろと当方をながめていたが、ここはあなたのような人が来るところではありません。ほかを探しなさいという。そこで純情無垢な青年ははじめて、普通の宿屋でないことに気がついたのである。いまなら、これ幸いと喜んで飛びこむところだが、そこは真面目なおぼこ、あちこち探し歩いたが、どうしても宿屋は見つからない。

しかたがないから川岸に引返して、漁具を入れた小屋を拝借、持参の冷いにぎり麦飯を食った。そうしているうちにだんだん寒くなる。眠くなる。このまま眠ったら死んでしまうのではないかしら。せっかく戦争を生きのびたんだ。もう少し生きたい。それなら、あのアイマイ宿に行くより仕方あるまい。どうしよう。……とここでテレビドラマなら

――コマーシャル――

そこでけっきょく、道を教えてくれた小父さんの家をたずね、泊めて下さいと頼んだ。彼は親切にも越後米の銀シャリと暖かい佐渡味噌汁をご馳走してくれ、フカフカの蒲団に寝せてくれた。あまりの待遇に、女房を夜伽に出しはしないか、一夜あけたらキツネ屋敷と化すのではないか、と心

配してておるうちねむってしまった。

やはり昔の女は偉かった。いいカモが飛びこんできたのに、柳暗花明の巷とさとして有為の青年を近づけないとは……。

ここまで原稿を書いて終わりにしようと思っていたら、ガールフレンドに見つかってしまった。ニヤニヤしているから、なにがおかしいかとつめよると、プロに見はなされたのは、よほどもてないか、よほど文無しに見えたのでしょうと。

（八五・四）

一番汚い話

気のおけないグループのムダ話中、いちばん汚い話を各自しようということになった。これはむずかしい。本人が汚い汚いといっても他人が納得しなければ、それまでのこと。また、創作や想像ではいけないので、あくまで自分の経験を話すのであるから弱った。小生汚い話は二つばかり手持ちがあるので、そのうちの新しい方を披露した。それは……。

先般ヨーロッパに行った帰途のことであるが、十何時間の飛行中、どうしても一度は大便をしなければならない。なかなか億劫な作業であるが、人も寝静まったころ、トイレに入ってフタをあけて驚いた。黄金の塔が盛大に建立されていて、二、三度の水洗ではビクともしない。むしろ水量が増して床に溢れ出てきそうな状況である。

これは困った。しかし誰かが処理しないと次第に情勢は悪くなる一方である。なにか堅い棒のようなもので突っつけばなんとかなるのだが、そのような形のものは見当らないし、ハイジャックの検査で機内には持ち込める筈がない。そこで化粧カバンを開けたら金属性のクシが目についた。携帯用だから十センチほどの小さなやつだ。

しかし、ないよりはマシだから、これをつかってフン然とかきまわした。世の中には無精な連中が大勢いるとみえて、色や固さの違うところから考えて数人分はあろう。一番下のが張本人で、堅いの堅くないのって。とうとうクシの寸法では足りなくなって素手でかきまわすことになった。こうなると人間自棄になるもので（本当の焼け糞だ）便器も折れよ、クシも裂けよと奮戦した結果、次第に流通がよくなり、何分間か後にはきれいな便器となったのである。クシはもちろん、湯で何回も洗い、指の爪にはさまった黄金もきれいに除いて、自分の用を足したのである。

というような経験談をなにかの拍子にAというガールフレンドにしたらなぜスチュワーデスを呼ばなかったのかという。なぜって、夜中に起こすのは気の毒だし、かきまわさせるのは可哀相だといったら、ずいぶんやさしい人だ、といわれた。

Bというガールフレンドは、いやな顔をして、そのクシまだ使っているのかという。使っているといったら、新しいのを買ってきてくれた。記念すべきクシは捨ててしまった。

Cというガールフレンドは、たいして感激もせずに、人間の排泄物はそう汚いものではないですよ、と静かに仰った。人によって随分反応が違うものである。だからこの話、一番汚い話としてランクされないかも知れない。

（八五・八）

飛行機事故

前回の「一番汚い話」の中で、ジャンボ機の便器が糞でいっぱいで、手持ちのクシでかきまわし、流通をよくした体験を書いた。あるガールフレンドは作り話でしょうといったが、これは正真正銘、本当の話である。しかし、先日の日航機の墜落事故は、後部隔壁の金属疲労らしいという事実が判明して、筆者もひやっとした。あの便器のすぐ傍らにそんな重要な壁があったとはツユ知らなかった。しかし、あれはBA航空の飛行機だった。金属製のクシでたたいたくらいでは大丈夫だろう。

ここでガールフレンドと飛行機事故について論議する。筆者は、戦時中、双発の攻撃機と単発の小型水上機の整備をやったわずかな経験がある。気化器の中の浮子の塗料が剥れて、エンストを起こしたトラブルや、プロペラのピッチが高空で作動しないなど、ほんのわずかの手落ちが重大事故に結びつくという体験をしている。だから、少しは議論する資格があるだろう。

ところが相手のガールフレンドは、科学オンチの代表的な女性、数年前にジェット機を見てプロペラがないと大騒ぎしたくらいの猛者。それだけに妙な動物的勘が発達している。尻持ちをついた飛行機を普通並みに飛ばすのは間違っているわという。人間でいえば、尾てい骨にヒビが入ったか、痔の手術をしたのだから、あまり無理の出来ない体。いたわりながら使うべきだという。

そうだ、そうだと相槌を打つのは癪だから、手順書通りの検査をしたのだからいいだろうというと、いやお尻の筋肉疲労は普通の検査では見つからない筈だと逆襲される。とにかく足が地についていないのだから、乗客の身になってもごらん。外に出るわけにはいかないし、落下傘をつけるわけにはいかないのかしら。

そうはいかないよ。小型機だったら振り返ってみれば尾翼がないのにすぐ気がつくが、大型機では分からないんだ。

では、バックミラーはついていないのかしら。一番気の毒なのは機長よ。自分の飛行機がどうなっているのか分からずに三十分間の苦闘。いいえ乗客の気持を考えると、もう飛行機には乗らない新幹線にします。

いや新幹線だって二百五十キロのスピードで、ポイントひとつ切り違っていたら、全員死ぬよ。

いいえ、足が地についているから何十人かは生き残るわ。

秋の夜長は、だらだらといつまでも話は、つきないのであった。

（八五・一〇）

若い女性の好き嫌い

若い女性の嫌いなものは、（もちろん男性を対象にしての話）ハゲ・デブ・メガネだという。では好ましい異性はというと、背が高くて、やさしい人だという。これは、いろいろな団体や会社がアンケートをやって集計した結果であるが、まあまあそうだろうと筆者も思う。筆者は、これらの条件を過不足なく満たし（前者の場合）、また満たしてない（後者の場合）から全然もてない。また、もてようとも努力しない。

大体においてカッコよくて、やさしいのを求めるのは女性のエゴである。自分のいいなりにしよう、とての深慮遠謀である。

ところでF嬢にお伺いをたてたら、池波正太郎の鬼平犯科帳十四巻みな読んだと笑っていた。そこで小生も女性心理研究のため全巻通読した。ご承知のように、この小説には、火付盗賊改め方長官長谷川平蔵というのが出てきて縦横の活躍をするが、女性の好むものが、随所にちりばめてある。女性にもてたい読者のために、あえて分析の結果を報告する。

一、鬼の平蔵こと長谷川平蔵はとにかく滅法強い。旗本の出身であるが若いときは身を持ちくずした無頼の徒であった。そして、ちょっぴり、いたずらっ気がある。これを要するに強くてユーモアがあって、色気（男のだ）があるということだろう。

二、強いのばかりが出てきて話にならぬから、部下のウサ忠という意気地なしのおっちょこちょいを登場させる。この男、女と食い物のことばかり考えている。

三、江戸の食べ物屋がふんだんに出てくる。いちぜんめし屋ののっぺい汁だとか、しゃもなべ屋、うなぎにそばに、くず餅といった按配だ。ときには料理の仕方も出てくる。これが実にうまそうなのだ。たとえば、あいなめの煮付けに、鴨のたたき団子とさらしねぎを作った、などと書いてある。

以上、カッコよくて強くて、多少色気があり茶目っ気があって、食い気を標榜すれば、女性が寄ってくるということだ。これはビジネスにも応用できる。小生、持ち合わせているのは茶目っ気だけだから、トンといけない。

もうひとつ、この小説には、ファッションがだいぶん出てくるが、これは時代が違うから、あまり現在には利用できない。

（八五・一二）

チリ紙無用論

人間という生物をひとつの処理機関と考えると、やはり入力と出力が必要である。入力は空気と食物である。空気はきれいなのを吸うにこしたことはない。食物は十分にしてバランスのとれたものがよい。その根本に水がある。

どこか地方に旅行して、たいした腕も、材料もないのに、お茶や味噌汁の旨いのに出くわすことが多い。あたりを見まわすと山が見えている。山紫水明とはよくいった、食物もうまいのである。その点、大都会に住んでいると、ビン詰の岩清水でも買わないかぎり、うまい水は飲めない。使えない、糸井重里のコピー教室に「飲むやつ、洗うやつ、糞流すやつ」

というのが水道水のコピーとして評価されていたが、本当に万能水ではある。

糞といえば、またそういう下ネタか、と読者は眉をひそめるであろうが、出力も大事なのである。第一、こういう話題になると、書く方も元気はつらつとしてくる。むかし、印刷局の大御所矢野道也博士が工場の設計図を見て、男便所に大便用があるのをなじったと聞いている。丈夫な人なら勤務先で糞をたれることはあるまい。

しかし、案外、外出先で大便をする人が多い。下痢でもしていれば話は別だが、習慣となっているとおそろしい。これから出発というときに必ず便所に行く人がいる。聞いてみると、兵隊時代の癖がぬけないのだそうで、行軍中、一人で野糞をたれていると必ず殺られるのだという。

中学時代に甲藤先生という歴史の先生がいて、いつも二食主義を標榜しておった。人間は毎朝、堅からず柔からず適当な硬さの便を約十センチたれるのが理想で、それを達成するには三食では多すぎるというのである。

適切な硬さの表現には、チリ紙を使わないでもいい程度と分かりやすく説明してくれた。これを聞かされた腕白どもは、給料が安くて喰えないのだろうと、噂をしあったものだが、いまになって考えると、案外合理的な教えではある。

大体、世の中に動物多しといえども、糞をするたびに、いちいち紙で拭いているのは人間だけである。この頃は、キンカクシのメーカーがフン発して、暖かい噴水の出る新製品まで出している。奈良のシカの糞を見るまでもなく、コロリとして汚れを身体につけない、ほほえましい形状、色、硬度のものをごく少量排泄するのが理想であろう。そのためには、カロリーから計算して無機塩類含有量、タン白、脂肪、ビタミン、バランスのとれた食事を適量摂取して、適度の運動をするがよい。ところがわれわれふりかえってみると、この大事な食事があてがいぶちのことが実に多い。

とくにいけないのは立食パーティである。立ち食いは、行儀の悪いもので盗っ人か、カゴかきのするものだと教えられた。ところがどうだ。

この頃は、経費と時間の節約のため、立食パーティ大流行である。長時間立ったままスピーチを聞かされて、解禁になると一斉に酒や料理にとびつく。鮨は混雑しているから、ケーキをたべて、スパゲッティに食らいつき、茶碗蒸しに手を出したと思うと、ビーフをほおばり、もう滅茶苦茶である。

その間に知人と話もすれば、コンパニオンをながめたり、酒を飲んだりする。これでは翌朝、マトモな糞は出っこない。ウンウン力んでも出ないような硬い凸版インキや、インキ溜の中のオフセットインキのような柔らかくて、紙が何枚も必要なのや、身体の方もたいへんである。

なんとか一定の入出力ができないものか。

（八五・一二）

帽子業界の怠慢

昨年この欄に、ことし一般印刷界で流行しそうなこと、と題して強烈な下色除去法をあげて説明した。ところが全然流行しない。予測などするものではない。大いに面目を失った。新年早々お詫び申し上げる。この下色除去は、なぜ日本であまり流行しないのか。

その原因のひとつはインキの値段が安いためらしい。三色重なって黒に近くなるところは、三色を倹約して、墨インキを多く乗せればよいのだが、インキが安いから、従来のやり方と違うことをやる必然性がない。

もうひとつはデザイナー側からの注文もあるらしい。三色の上に黒をのせて、コッテリとした味を出してくれというのだ。三色だけでは薄ら寒いとでもいうのか。とにかく日本では受け入れられないようである。

また正月になった。髪が少なくなって、薄ら寒い。津軽海峡冬景色などとガールフレンド達からひやかされている。帽子が欲しいところだが、どんな帽子がよいか。ベレー、ソフト、ハンチング、野球帽……。

昔は、男はみな帽子をかぶっていた。

赤ん坊から、小学生、大学生はもちろん、会社員、役人、軍人、戸外で無帽というのはよほど変人と思われた。ルンペンだって、お釜のようになったソフトをかぶっていた。学生にソフトをかぶらせた学校もあった。ソフトのツバを上にあげるか、下に下げるかで身分をあらわす習慣もあった。

私が勤めはじめたのは戦争最中であったから、兵隊の略帽をかぶったこともあったが、たいていソフトを中折れにしてかぶっていた。頭は大事にするものである。髪を結うか、なにかかぶるのが、危険防止からいってもよろしい。あの、戦後なにもない時代でさえ、人々は戦闘帽やよれよれのソフトをかぶっておった。

私も父の愛用した虫くいのソフトをかぶっていた。昭和三十七年頃はそろそろ帽子がすたれてきたが、ヨーロッパに行ったとき、今は亡き朝日新聞の繁田清四郎さんとローマのボルサリーノ店に行ったことがある。

ショウィンドーで色と形をよく見きわめてから店内に入る。店員は客の頭サイズをはかってから奥に入り、うやうやしくソフトを持ってきたと思ったら、発止とばかり繁田さんの頭めがけてうちこむ。これでＯＫ。あれこれかぶってみるというショッピングとはかなり様子が違う。形は自分でつけなさいといわれた。

うちの社員がウィーンからソフトを買ってきてくれた。形をくずさないように旅行中、捧げ持って歩いたので、同行の人達から笑われたという。

早速かぶってみたら耳まで入ったのでびっくりした。

昔は帽子屋に行けば小さくしてくれたが自分でやってみた。水につけては乾かし乾かしては水につける。いくぶん小さくなったが、全体のバランスはくずれて、ルンペン帽のようになってしまった。

このような苦心をするくらい私は帽子好きだが、他人様がほとんどかぶっていないので気がひける。よほどの禿頭かキズ頭だと思われるだろう。

こんなに帽子が流行らないのは、自動車普及のためと、電車混雑のためだろう。また世界中の帽子屋さんの努力も足りなかったのではあるまいか。紳士は帽子をかぶるものとか、帽子をかぶればレディにもてるとか、コピーを考えて大いに頑張るべきだったのだ。

ベレーは軽くて安く手軽だが、かぶり方がむずかしい。ソフトは風に飛びやすいし、高価であるが、やはり本格的だ。さて、今年の冬はなにをかぶろうか。

（八六・一一）

大きな写真

一月十三日付の朝日新聞夕刊第一面を見てあっと驚いた。左側九段ぶっこ抜きで女性の顔写真が大きく掲載されていたからである。日航機事故で亡くなった坂本九ちゃんの奥さんのポートレートだった。

囲みもの写真掲載に異論はないが、なんとまあ、そのサイズである。われわれの住んでいる小住宅の茶の間に、十九インチのテレビを置いたような按配で驚いた次の瞬間、スポーツ新聞か芸能新聞ではないかと題字を見直したものである。

以後、気をつけてみると、写86と称してカラーやらモノクロやら大型の写真をのせる方針にしたようで、これは文字よりも画像の方が訴及力、説得力、牽引力があるとの編集者の意向の反映であろう。あるいは巷間、ピンボケ写真のフォーカス誌、木曜日に発売するフライディ誌にあやかりたいとでも考えたのであろうか。

誤解のないよう理解してもらいたいのは、私は朝日の神風号以来つまり半世紀に及ぶ愛読者であって、決してケチをつけたり罵詈雑言をたたきつけるつもりはないのだ。記事の内容にはいろいろ文句をつけたいのだが、人間の考えはさまざまあるからと寛容をもって見守っているのだ。そういうモノの分かった大らかな筆者が目をむくのは、日頃新聞紙面のレイアウトにいささか関心があるからだ。昭和五十四年の新聞協会主催の講演会で、筆者は生意気にも新聞紙面はスッキリハッキリ目薬の宣伝のようでなくてはならぬと申し上げた。その結果ではあるまいが、朝日が文字サイズを大きくし、各紙ともそれにならって大分読みやすくなった。嬉しいことだと思っていたら、写真がだんだん大きくなって、とうとう紙面の四分の一を占領するまでになってしまった。写真新聞ではないのである。

また罫の使い方もダイナミックになったのはよいが、ときおり丸太ん棒を組み合わせたような組み方が目にふれる。紙面では、大きな文字と罫、ゴシックと写真は惜んで使えというのが私の持論である。

もちろん千万言を超える写真もあろう、記事の重要度により、バカでかいゴシック文字を使うときもあろう。けれどもクォリティペーパーを自負している新聞なのだから、ちーとは落ちついたレイアウトをしてもらいたいものだ。

それと、写真と文字の情報量の比較も大事なことだ。たとえば冒頭にあげた顔写真の面積に、ベタで文字を組み入れるとすると二千三百字ほどになる。

これだけの字数の文章が持つ情報量と、同面積の写真の持つ情報量とを比較してほしい。自分の恋人やアイドルの写真なら、いくら大きくても有難みはあるけれども新聞を情報伝達の道具とみなしたとき、無意味な大きな写真は水増し販売である。そう思いませんか。

（八六・二）

四月のある日

きょうは四月四日、朝、平常通り六時起床、ジョギング中、いろいろ考える。月と日と同じ数のときは節句が多い。二月二日、四月四日、十二月十二日などあまり知られない。なんというのだろう。

九時出勤、悪性のカゼで長く休んでいたS君の話をきいてからアメリカンクラブへ行く。スウェーデンのハッセルブラードカメラの展示会がある。外国のメーカー特有のわが製品ベストという挨拶がある。日本のメーカーの姿勢とは大分違う。

製品はたしかによい。やたらにモデルチェンジしないのが、ユーザーにとっては有難い。PC八〇〇という大型スライド投影機三台による宣伝画像は圧巻。機械の下に本など積まなくともレンズの高低機構により簡単に投影位置を上下できる。価格は六十何万円だ。

終わってムルローミツムラの益田社長をたずねる。日本で美術石版印刷をはじめ十年。次第に愛好者が増えているという。パリのムルロー印刷所を再訪したいと思い、連絡を依頼する。手紙は出してくれると約束をもらったが、返事はないのが当たり前だとのこと。

日本や米国のようにきちんとはしてないようだ。

近くなので印刷・製本・紙工機械工業会に行って、野本専務、野口事務局長と会食する。日本の印刷関係機械も五割が輸出されるようになったそうだ。米国市場ではドイツのシェアを徐々にくっている。画像圧縮の研究報告をもらう。

会社に帰る途中、文祥堂でノートを買いT銀行に寄る。顔見知りのY嬢が退職したという。私に断わりなしにだ。怪しからん。

支払い残の手筈をして帰社。すぐK製紙。つづいてN製鋼から人が見える。きょうは日本プリンティングアカデミーの入学式なのだが、とうとう行けずじまいだった。

ドルパ出品予定の資料について、外国雑誌やニュースリリースをまとめる。今回はあっと驚くような新製品はないようだ。それともフタをあけてからのお楽しみか。

新橋駅に出たら若い男女が寄ってきて、アンケートとりで数問きかれた。新入社員の研修ですが、若い人の髪型や服装はどう思いますか、言葉づかいやマナーはどう思いますか、エチケットはなぜ必要なのでしょうか……、男の方が問いかけて女の方が記録している。なるほどうまい研修を考えたものだ。

最後にたいへん失礼ですがと前置して、エチケットで失敗したことありますかと聞かれる。もちろん大ありだと答えた。

夕方から横浜でサッカークラブの役員会。十時帰宅。春の前触れにふさわしい雨が降ったりやんだりの天気だった。

（八六・五）

魅力と女っぽさ見せる女性達

　このごろ、君の書くものは、ちっとも面白くないね。まあ、ときどき目を開かれるようなことはあるにしてもだ。……とあるご仁にいわれた。へえー、そんなものかと、この新聞技報の保存切り抜きを読み直したら、なるほど、ガールフレンドのことが、この頃さっぱり出てこない。そこで、その忠告者に電話したところ、そのとおりだ。ここらで彼女たちを紙上に紹介したらどうだという。

　とんでもない。トイレに散布してあるチラシではあるまいし第一、立派な彼女たちを興味の対象に、しかも原稿料かせぎの材料にしては申しわけがない。

とはいうものの、忠告の者の意志もふみつけに出来まい。そこで、やんわりとビジネスと女性ということで、お茶をにごしたいと思うのだ。

このごろ、男女とも同様に教育されて、同じ条件で就職したり、自分の好きな道に進むことが出来るようになると、元来、男性も女性も、そんなに能力が違うわけではないから、社会的にも女性が進出してくる。そこでちょっとした悲劇が起こるのはダメな男の下に、優秀な女性が配属されたときで、男は自分のダメさ加減にあきれ、出来る女性の部下をいじめるか、誘惑するかする。出来る女性は、おしんになってガマンするか、家庭に入ってしまう。

このおしんが機会にめぐまれて、女性管理者が登場すると、管理される男たちの胸中おだやかでない。女だてらにとか、女のクセにとかいろいろな感情のもとに理由をつけて反抗する。これはもう少し日本の社会が熟成すれば解消するだろうが、いまのところギクシャクしている職場が多い。

一方、筆者の周囲にいる女性（あえてガールフレンドといわないが）には優秀な人がいる。いずれも紙誌でとりあげられるほどの有名な女性ではないのだが。

Aさんは、ある専門小売店兼デーラーを切りもりしている人で、仕事はもちろんのことだが素晴らしい字を書く。本格的に習ったことはないが、父兄が書道の先生だったそうで、いわゆる門前の小僧だが、とにかく巧い。趣味は俳句と琴。残念ながらまだ聞かせてもらったことはない。

Bさんは、官庁の部長。ある委員会でいつも発言するのには敬服する。それでいて女らしい細やかな気くばりをみせる。最近、本を書くという。残念なことに（失礼だが）亭主持ちである。

Cさんはアパレルメーカーのデザイナー。東京と京都を往復して男どもを叱咤し、新製品の開発に余念がない。絵や音楽、スポーツにいたるまで理解を示す。

Dさんは婦人誌の編集長で、現在、秋に出版する単行本四冊をかかえており、それぞれ担当のプロダクションの尻をたたいている。テキパキ型の標本。趣味は手芸と映画。映画に詳しいこと、ハイサイナラの淀川おじさん、裸足で逃げ出すのではないか。

Eさんは、有名専門店の管理者。客あしらいからはじまって毎月のイベントのプランを練り飾りつけをする。店にはたいてい九時までいて、残った仕事は翌朝、自宅で出勤前にやるという。趣味はハイキングで、少し病気になって寝てみたいというほど健康。

以上、あまり、明瞭に紹介したわけでないから御不満の向きはあろうが、彼女たち、一様に美人で、魅力的である。そして女っぽさをときどきみせる。この、ときどき見せるというあたりが、キャリアウーマン成功の秘訣ではないかと愚考する。

（八六・七）

手帳

私としたことが大事な手帳を紛失してしまった。「私としたことが」という書き出しは、「私のようなスキのない人物が」というようにとれるが、ちょっと恰好をつけたので、実はまったくの粗忽者である。

手帳にはカメラのレンズ番号やらボディ番号、免許証、旅券、銀行口座番号、暇なときに書きつづった詩のようなものやら、本や雑誌からの抜き書き、講演会や座談会で聞いた話のメモなどぎっしり書きこんである。まあ、このようなものは、ことしのはじめから四月の中旬までのことであるから、分量としてはたいしたことはない。困ったのは、これからの予定である。

諸会合で出席の返事を出したものは、通知そのものを保管してあるから問題はない。問題は電話だけで約束した訪問、会合の日時だ。そこで覚えのある相手に片っ端から電話して確認をとった。いやはや、自分のボンクラぶりを宣伝したようなものでバツが悪かった。

実は手帳をなくしたのは二回目である。前回は親切な人が拾って届けてくれたので救われた。今回も手帳をみながら電話をかけているボックスの中においてきてしまったのだ。名前と住所は書いてあるが、捨てられたのならまだよい。拾得者よ悪用しないでくれ。

そこで改めて思うには、手帳のように常時携行するものには、あまりいろいろなことを書きつけておかないことだ。銀行口座番号などはやめた方がよい。また、文献からの書き抜きなどはカードシステムにして、すぐ整理してしまうとよい。こういうことは情報整理学や発想法、ＫＪ法などいろいろ本があって、私も熱心に研究した時代もあったが、共同印刷で作ったカードがたいへん便利である。これはカードの特長とルーズリーフの特長を併せたようなもので、カードをリーフにはさんで整理するのだ。

たとえばＡＢＣＤとガールフレンドがいる場合、それぞれのデータが混同してはまずい。そこでデータのとれたたびにカードに記してカードをはさめるルーズリーフに整理し、Ａの誕生日とか、Ｂの好みの香水とか、Ｃの行きつけの喫茶店とか、Ｄの体重とかを間違いなく整理するのである。

さあ、そこで手帳を新しく買わねばならないが、いまどき今年のカレンダー入りのものは売っていない。そこである人に相談したところ、そのお爺さんは折れた釘でも、こわれた茶碗でもなんでもしまっておく人なので多分持っているだろうという。中一日経ったらあきれたことに某社の手帳を二、三持ってきてくれた。

本当に助かった。外国製のルーズリーフ式のものならカレンダーつきを売っているのだが、やはり大安とか仏滅とか記してあった方がよい。

池波正太郎の「男の作法」という本を読むと、万年筆や手帳のように、仕事そのものに使うものは一流の中の一流を使えという。たとえば万年筆はモンブランかパーカーの最高級のもの。手帳は外国の皮表紙の取り外しのきくやつと書いてある。

外国製の手帳は、どうも少し大型でしかも部厚い。夏服のポケットに入れるとふくれて、うわばみがカエルをのんだようになる。手帳の中味を大別すると日程表、住所録、メモとなる。これらをバラバラにしてしまえばかなり持ち運びに便利になる。メモはカード式、日程月間予定はなるべく圧縮して小型にし、住所録は必要最小限度にする。そして分散すれば紛失した場合の、周章狼狽もいくぶん軽減されよう。

これからますますモーロクするのだから。

（八六・八）

星野愷先生のこと

七月二十五日星野愷先生がなくなった。お名前はやすしと読むのだが、ガイさんと呼んだ人も多かったようである。東京工大の名誉教授で、音の出る印刷物、シンクロリーダーの開発者として知られる。

私はたった一度お目にかかったことがある。凸版印刷の山岡謹七さんが先生の自宅に連れていってくれたのである。

昭和三十七年の秋だったと思う。私が撮影してきた欧州のカラースライドを先生に見せたら喜ぶだろう、と山岡さんがアレンジしたのだ。

アレンジという言葉を使ったのは他でもない。星野先生はなかなか気難しくて、気にいらぬ人にあわない。約束しない人を連れてゆくと帰ってくれというらしい。幸い、私は予備調査に合格して奥沢のお宅にフィルムを持参した。

先生のお宅は家族らしき人は見えず、身の周りを世話する女性が一人（この方は後日奥さんになったと聞いた）だけ。そして調度、什器、家具の類がいちいちコメントがつくほど凝ったものばかりである。

たとえば柱時計がボンボンと時を報ずると先生いわく、あれはロンドンウェストミンスター寺院の鐘の音と同一のものです。パンにつけるバターは、火で熔かしてつけるのはまずい。小さな銅皿にいれ、湯せんで柔らかくし、ゾリンゲンのバターナイフでつけるのです。そのパンは何々屋のにかぎる。

目をまるくして、へえーと聞いていると庭先の天体望遠鏡を見せてくれたり、ついに寝室まで案内してくれて、寝ながらスイッチひとつでいろいろ操作できる装置を見せて下さった。現在ほどロボットの普及した時代でなかったから、そして先生の自作と聞いて、ただもう驚くばかりであった。

先生のお弟子さんの井本商三氏にきくと本当に器用な方で卒業論文制作の際の研究装置など、細かい注意点をしゃべりながらどんどん組み立ててくれたそうである。

さて、いよいよ私のカラースライド投影となったが、プロジェクターのレンズは、お弟子さんの会社に行って一番性能のいいのをテストして買ってきたというだけあって、実に鮮明な写真をお目にかけることができた。私の器械ではよく見えなかった、噴水の水面下のノズルが明瞭に映し出されたのには、撮影者自身も驚いた。そのときのフィルムはコダクローム、カメラはライカⅢＦでレンズは旧タイプズミクロンＦ２、五十ミリ。空気レンズを利用した最初の設計で、解像力随一といわれたものだったから、先生御自慢の投影装置と相俟って素晴らしい効果が出たのである。

先生は、写真をだまって見てはいない。この川はなんという川か。エルべ川です。ずいぶん川幅がせまい。相当上流だろうとか。

このスペイン広場のベンチで、カメラフィルムの交換をしたのですよとか、地理、建築、美術、人情風俗にいたるまで、解説をしてくれて、当の撮影者は本当にいい勉強になった。

先生の趣味道楽は広すぎてつかまえどころがないが、これもお弟子さんの並河守氏にきくと、いろいろ熱中時代があるという。私がおめにかかった頃は真夜中に銀座を散歩するのが楽しみだといわれていた。

先生の開発されたシンクロリーダー・シンクロシートは、残念ながら発展しなかったが、その個々の技術たとえば磁気録音技術、磁気テープの製造技術などは立派に開花した。


（八六・九）

左側通行にもどせ

七月の末だったかの朝日新聞社説に「お年寄りに住みよい社会か」との一文がのった。

昨年六十歳以上の人が全人口の十四・七パーセントを占めるようになったわが国は、今後も急速に高齢者が増えるので、年寄りに住みやすい社会を作るべきだとの論旨である。

これに関連して警察庁が調べた高齢者アンケートを紹介しているが、最近の地域社会について、交通量が増え、安心して歩けない道路がふえたというのが四十五・五パーセントもあるという。二番目に多いのは、しつけの悪い子供の増加で三十六・八パーセント。

小生、全人口の十四・七パーセントのうちの一人であるから若干意見をいわせてもらうと、交通ルールというかマナーがまるで無茶苦茶だといいたい。

私はいつも夕景、銀座から有楽町駅まで歩くが、その歩道の歩きにくさといったら天下一品である。

小生のように目的をもってスタコラ歩くもの、腕を組んだアベックが楽しそうに歩くもの、芝居見物の帰途、中婆さんが五、六人、やっぱしスーさんの目はいかすわ、などと横列になって歩くもの、ウインドの中に興味のあるものを見つけたか、断わりもなしに急に停止するもの、アイスクリームをなめながら立ち話をしているギャル、たまに銀座に連れてきてもらったか駈けまわるこどもたち。

これらの人々はみな自分だけのことを考えて行動しているから、急ぐものにとっては常に前方、側方を警戒しながら歩かねばならない。いわゆる烏合の衆である。

今日の目をもって昨日を論ずるなかれというが、昨日の目をもって今日の歩道を論ずると、昔だって相当の混雑道路はあったが、秩序があった。

まず、二人以上は横に並んで歩くなと教えられた。人混みの中ではできるだけ傘をさすなとも教えられた。年寄りには道を譲れと教えられた。譲られたら会釈をしろと教えられた。女は男の後ろから荷物（男の持ち物もふくめて）をもってうつむいて小走りに歩けと教えられた……こう書くとガールフレンドから強烈なパンチがきそうだが、それにもまして、車と車、車と人、人と人とは左側通行の原則が守られていた。

戦後、対面交通とやらで車は左側、人は右側というややこしい交通法となって、守られているのは鉄道と自動車だけである。自転車の類いは、右を走ったり、歩道を走ったり無灯火で夜間走ったり、天下御免である。

人は右側を歩けばいいかというと、駅によってはここは左側を歩けとか、まるで歩行者のことを考えていない。明治のはじめ武士の魂である刀を相手に触れさせまいと左側通行をきめたというが、一説には心臓を守るため、人は無意識に左側に避けるから左側通行は合理的だとの説がある。

平時でさえ、銀座も安心して歩けない。私はあるとき、実験のつもりで、こちらから絶対避けないで数分間歩いてみた。驚いたことに毎分一回の割で人にぶつかるではないか。とにかく対面交通とかなんとかいわず、車も人も左側通行に単純化した方がよい。

一朝、事があったら、人と人との衝突、混乱で被害がますます大きくなろう。

お年寄りを大切にするのはもちろん、自分自身を大切にしたければ「左側通行」のキャンペーンを新聞でかかげてもらいたい。

この文章を書いたあとで、小学生中学生の将棋倒し事件があった。現代のこどもは、いかに訓練されていないかの証左だ。

（八六・一〇）

もし過去の世界に戻れたら

企業とか業界、あるいはひろく世界の未来予測がさかんで、新年の各団体代表者の挨拶は、こういうレポートを引用したものが多い。

後をふりかえるより、先を見通すことは企業にとっても個人にとっても大切なことであるから、予言者だの、易、占いの類いが繁昌している。

高度工業化社会、高度情報化社会といってもその基本になっているのは、人間で、その人間はあまり変わらないから、なにかこう神秘的なもの、超能力的なもの、あるいは絵空事にあこがれる。

人間もし過去に戻れるとしたらどうなるか、未来に飛べるとしたらどうなるか、あるいは一気に何千キロ離れた場所に転移出来たらどうするか、昔からお伽話、冒険小説、伝説、ＳＦなどに取りあげられてきたタイムマシン、タイムスリップなどがある。

最近読んだうちでは、「連合艦隊遂に勝てり」が面白かった。歴史を知っているものが過去の世界にとびこめば、信頼できる予言者になれるわけだから面白いはずだ。しかし、この予言者が歴史をひっくりかえすようなことは不可能であって、たとえば桶狭間で織田信長が負けたり、関ケ原で徳川方が負けてはいかんのである。

ところで現代人が過去の世界にいきなり放りこまれたらどうなるだろうか。生きてゆけるかどうか。同じ日本の戦国時代、江戸時代に転移したらどうなるか。私自身たった百年前でも生きてゆける自信がない。印刷技術のことを知っていたって役に立たないし、写真が撮影できたって、フィルムもなければカメラもない。湿板写真ならなんとか撮れるだろうが、商売にはなるまい。字は下手だから習字の先生にもなれず、ソロバンは加算がやっと、読む方は多少いけるが、白文の論語などもってのほかだ。だから寺子屋の師匠さんはダメ。

大店の主人はもちろん、番頭さんにもなれず、体力がないから小僧さんにもなれまい。薪でゴハンをたくことも出来ないから下男下女もダメ。版木がうまく彫れたり瓦版がうまく出来たらなんとか糊口をしのげるが、これも自信ない。職人仕事の大工、鍛冶、左官がだめだとすると、農業、漁業だ。これも役立たずで、医師、神主、僧侶も資格がない。武家勤めでは武術が出来ないので無理。

結論は、百年前だったら三日間と生きてゆけない。現代人のだらしなさである。こんなことを大分以前に考えたことがあるが、同様のことを小説のモチーフにした人がいたので驚いた。石川英輔氏の「大江戸神仙伝」である。主人公は突然、文化文政時代の江戸時代に転がりこむ。江戸時代は脚気で死ぬものが多かった。主人公は薬学を勉強していたから、糠からビタミンBを抽出し、病人に飲ませ、医師として豊かな生活をする。辰巳芸者を愛人とし、ときどき現代に戻って、当世の恋人ともよろしくやる。現代と江戸時代の良いところを享受して男冥利につきる話は、とくに男性にうけて、テレビドラマにもなった。

著者の石川さんは、もとミカ製版の専務でダイレクト製版技術の理論および新手法により、第一回日本印刷学会技術賞を受けたことがある。SFはいろいろ書いていたが、この神仙伝を契機に本業作家になってしまった。つい先頃、後篇ともいうべき「大江戸仙境伝」を書いた。これは現在本屋に並んでいるから、一読をおすすめする。講談社の発行である。

ただ単にあの世この世の男の道楽話、艶話でなく、現代と江戸時代の社会批評が随所に出てくるから興味深いのである。いや、むしろ後篇は、全体が江戸時代の合理性を現代と比較しながら、合い間に、主人公や芸者をからませている感がある。

江戸時代は武士町人が、それぞれ本分をわきまえ、つつましく暮らしていたこと、水、土地、緑など自然を大事に結果として自給自足であったこと。自治がしっかりしていたから、驚くべき小人数の警察体制であったこと。（テレビや小説のように、事件はしょっちゅうあったわけではない。）

もちろんいつの世にも不合理不平はあるが、江戸湾内の新鮮な魚類や江戸郊外の無農薬農作物を賞味し、関西の銘酒をたらふく飲んで（一人あたりの量は現代とあまり変わらないようだ）、せり出した糞は肥料として還元するから川や海はきれいで、燃料は薪や木炭だから山にはまた木が生えてくる。町の大部分は武家屋敷と寺社で、いずれも手入れの行き届いた庭園を持っていたから江戸は公園の中の都会であった。

人々は小さいときから寺子屋に行き、識字率は当時世界の最高レベルにあり、さらに女子の場合は、武家や大店に住み込んで行儀作法を習い、男子の場合はきびしい職業修業をした。俺が俺がという我利我利亡者は嫌われ、慎ましく生きる人が尊敬され、病人や年寄りは隣近所で面倒を見（ボランティアなどという利いた風な言葉はもちろんなかった）、町は白壁と木材の統一された美を呈し、空も水も清かった。

もちろん、その時代に生きている人々にとっては、頻発する大火、雨降りの泥濘、疫病の流行、など苦労もあったろうが、先祖伝来のお宝である土地や水や緑をくいつぶすことはなかった。

とくに昭和三十年代以降の、日本の突っ走り様は異状で、先祖が守り抜いてくれたモノを滅茶にしてしまった。食べものは香りも味もない野菜、鶏卵まで黄色味が薄い、魚は世界の果てまで喧嘩しいしい獲ってくる。いったいどうなってんのといいたい。これからどうしたらよいのだろう。大江戸神仙・仙境伝は訴えている。

（八七・一）

移転

永年住みなれた安藤七宝ビルにおさらばした。引っ越してきたのは昭和二十六年の暮れであったから、三十数年間ということになる。大日本印刷の世話で、当時宿直室で和風だったのを改装して事務所にしたのである。

戦後間もなく、車も自由でなかったから、大日本印刷の分室（三階に日本印刷学会と印刷図書館があった）からほんの数分のところだが、ガラス戸入りの本箱数本を三階まで上げるには苦労した。考えてみると、当時の責任者馬渡さんは四十有五歳、私は二十七、八歳の元気ざかりだったから、クリスマスの雑踏にもめげず、余人の力も借りずやりおおせた。いま思っても、あの狭い階段をどうやって持ちあげたか、本人も忘れているくらいだ。いまの若い人には想像もつくまい。

とにかく世の中一般が人力に頼っていたからそれが当たり前であった。冷房装置は当然ない。団扇から扇風機、それが天井扇をとりつけることになった。いつからだったかはっきり覚えていない。これは現在までよく働いてくれた。いまどき珍しい品物だから、ヘリコプターのプロペラかいという人や、昔は皆これを使ったものだ懐しいといって、社員教育のため若い人をつれてきた社長さんもいた。

だから設備の中で、この天井扇だけは移転先に持ってゆくことにした。

この部屋にはお化けが出たという噂が出た。昭和三十年の頃である。一人夜遅く残業していると、ドアをノックするものがいる。出てみると誰もいないというわけで、聞きつけた写真マニアがカメラを持って幽霊の写真を撮るのだとかけつけてきた。私はこのお化けの話はウソだと思っている。

銀座四丁目の交差点の傍だから銀座の事件はみな知っている。火事が盛大だったのは、松坂屋隣のチョコレートショップと、三越裏のダンスホールだった。周囲に建物がなかったからよく見えた。宝塚劇場の火事は見えなかった。銀座の古いビルもどんどん建てかえされて、昭和のはじめからのものは、大日本印刷、交詢社ビル、くらいのものか。和光は昭和七年だそうである。

七宝ビルのように古い建物は壁が厚く（三十数センチ）、天井が高い（三メートル以上）。壊すのにたいへんだそうだ。

さて、移転先を探すとなると、いろいろ困難な条件が重なって、思うようにいかない。まずお金のことで、ちょっといいビルだと坪三十万円はする。賃料は一万数千円といったところ。それにわが社のような商売だと、取次（本の卸商）の集配に便利な場所であること、本の積み下ろしが出来ること、郵便局が近いことなど厄介な問題が多い。

同じ銀座の名のつくところでも新橋寄りは飲み屋、バーの類いが多く、そんなところに行ったら気が散って原稿は書けない。お隣の中国新聞は東本願寺前の金扇ビルに移転したが、やはり築地、新八丁堀近辺というところを探し、親切な知人の紹介で八丁堀四丁目のビルに決めることが出来た。人様に道順、目印を教えにくいのが欠点であるが、まあ仕方がない。

忙しいことは重なるもので偶然、借りていた本の倉庫も明け渡しを頼まれて、まったくテンヤワンヤであった。噂をききつけて、親切に自分のビルを使ってくれという方も二、三いたし、いろいろ物件を紹介してくれる方も多かった。その反面、常日ごろ深い交際なのにまったく知らん顔という方もいる。世の中さまざまでおもしろい。

強風吹いて勁草を知るではないが、困ったとき頼りになる人と、まったく頼りにならない人がいる。

二年間後、新築ビルに戻るまでいろいろガマンしなければなるまいが、お客さんの減るのが一番心配だ。
場所は八丁堀と桜橋、京橋からも近いので、多くの方にぜひ陣中見舞にきてほしい。カラテでいらして、増補版印刷事典を買って頂けば、その後ろ姿を社員一同伏し拝むであろう。

（八七・二）

学問の曲り角

つい先日の朝日新聞夕刊に、河野与一先生は碩学だったという文章がのった。学問の曲り角という本の紹介も出ていて、筆者も若い頃を思い出した。こういう種類の学者の書いた三冊の本をあげよといわれれば、ためらいもなく阿部次郎著「三太郎の日記」、九鬼周造の「いきの構造」、それにこの「学問の曲り角」である。

「学問の曲り角」は、岩波書店の「図書」に執筆した軽い読みものをあつめた随筆集であるが、私がとくに驚いたのは、私どもの専門である、活字とか印刷とか製本に関する、河野先生の学識の深さであった。

たとえばイタリック書体についても、二十ページにわたってその発生から、書体の使い方、特長、グーテンベルクの活版術のヨーロッパ各地への伝播、全巻をギリシャ語で組んだ最初の本の話などが記されていて、まことに興味深い。

ギリシャ語を習いはじめるときに、ノートにどのように文字を崩して書けばよいか、どう繋げればよいか疑問に思うそうであるが、ベニスのアルドウス時代の活字は、そう崩されていないが、実にひんぱんに繋がっているという。

この書体の手本を書いたのは誰か、そしてそれがイタリック体の誕生に深い関係があるとしている。

また、紙の横目の話では、製本所を紹介してもらって手ほどきをしてもらう情景が記されている。そこでおかみさんから紙の横目とタテ目の見分け方を習ったり、糊のつけ方を教わったりして、ついに酔狂にもベルリンでも製本屋に弟子入りしたという。そこではじめて、横目でもタテ目でもあるいは斜めでもいける紙があることを教わり、それが日本の印刷局紙だと知った。

まあ、このように、最も古い仮綴表紙のこととか、正誤表の話とか、西洋の折紙の話とか、哲学者の書いた本とは思えない。しかも、河野先生は、自分でも何が専門だかわからないといっておられるほどの博学だ。そこで私は先生の弟さんの河野五郎さんにきいてみた。

五郎先生は私の先輩で当時、横浜国大の助教授をしていて私は商品学の勉強を教えてもらっていた。

この先生も面白い学者で、抜山蓋世の勇ありといった風で助教授ウィスキーといってトリスを飲んでばかりいた。

そこで折を見て、与一先生に印刷とか製本の話を書いてもらいたいが紹介してくれと頼んだところ、兄貴は岩波以外には絶対、モノを書かない男だ。ダメだよとあっさり断わられた。なかなか立派な見識だと感じ入った。

書いてもらわなくとも、一度お目にかかりたいと思っていたが、与一先生も五郎先生も亡くなってしまった。碩学とは、ただ単に大学者というだけでなく、一本も二本もスジの通っている人をいうのだろう。

（八七・五）

リズムとメロディ

カラオケを習っていて、いつも注意されるのはリズムとメロディの離反である。

離反といってよいか、謀叛といってよいか、乖離といってよいか。先生はメロディはよいがリズムがだめだという。自分では夢中でリズムをとっているつもりなのに。

あるとき突然、これをリズムよりイントネーションではないかと気付いた。歌は詩であり日本語である。メロディをつけずに詩を朗読すると、日本語のアクセントとイントネーションをつけるだろう。それをそのままにメロディに乗せたらよいのだ。ところが素人の悲しさ、メロディをつけるとそれにとらわれ過ぎて、アクセントやイントネーションが無茶苦茶になるのだ。

　これは私の大発見であって、ここにはじめて発表する大研究結果である。これをカラー印刷物にあてはめると、黒だけの写真版の調子は、誰でもよく理解できる。ところが、カラー三色重ねあわせると色に眩惑されて調子が見えなくなってしまう。経験の深い技術者は、調子と色とが別々に見えるから、たとえば黄版の調子が悪いなどと指摘できるのである。簡単なことだが、こういう原理はノイゲバウアーやユールが方程式で示しているが、目で見る場合は、調子と色が互いにまざり合う。このような深遠な論議を、よく理解してくれるガールフレンドはいるかしら。いろいろ彼女たちの顔を思い浮かべている。

　そうだ、女性の好きな「人間性」にたとえれば分かりやすいかも知れない。人間は二面性どころか多面性があるから本質を見抜くのは至難だ。仕事ができることと、狡猾さとまざりあうと、本質が見えなくなる。お面や恰好よさが脳ミソの比重をかくすこともあろう。交友を選ぶのは大切ですよ、よく見極めなさいと教えてやろう。「そんなこと分かっているわよ」といわれるかも知れないが。

（八七・九）

望まれる誤判断しない良質情報

二度あることは三度あるというが昨秋、偶然にも芝居を三本、たてつづけに見た。ガールフレンドが出演したり、また誘ったり誘われたりして、北大路欣也主演の「オセロー」、平幹二郎主演の「鹿鳴館」、杉村春子主演の「女敵討」である。それぞれ一流の役者、演出、劇場であったから、久し振り演劇の楽しさを堪能した。

ところでその筋書きであるが、まあ納得できたのは鹿鳴館で、あとの二本はどうも腑に落ちない。オセローは部下のたくらみによって嫉妬に狂い、恋女房を殺してしまう話。「女敵討」も、友人の策略に乗せられ心中してしまう話。

「鹿鳴館」は裏の裏をかこうとして失敗する事件で三島由紀夫作だけあって、ひとひねりもふたひねりもしてある。

前二つの芝居は、よくもこう簡単に罠にかかったなあ、と思わせる。時代も違えば国柄も異なり人種間の、階級間の、男女間の思惑慣習の相違などがからみあって、登場人物は常識では考えられない心境に追いこまれる。結局、人間とはこういうものだと大いに勉強になったが、ちょっと見方を変えると、人間をとりまく情報の量と質、その受けとめ方に問題があるともいえる。

三つの芝居は、みな百年以上も昔の物語であるが、現在の情報量は比較にならぬほど多い。情報にまどわされたり、引っ張りまわされたりすることも多い。筆者も昨年は少々失敗をし、残念な思いをした。それはこういうことである。

筆者は以前から天正年間に印刷機をわが国に招来し、いわゆるキリシタン版を作った少年使節に興味を持っている。かれらは往復八年かかって長崎—ローマ間を旅行し西洋式活版印刷術を日本に伝えた。不運なことに布教弾圧政策により、印刷活動もわずか二十年間で終わってしまった。かねがね、その遺跡土地を訪ねたいと考えておった。ついでに先般公開された熊本日日の新聞博物館と本渡の民俗資料館、ここには古い印刷機が展示されているはずである。

コースは熊本から天草本渡（あまくさほんど）にわたり、キリスト教徒殉教の地から時間があれば志岐のセミナリヨの跡、ここでは油絵、水彩画、銅版彫刻、木活字、彫刻などが一五九〇年以降教授されたという。

それから長崎県の口之津にわたり、印刷機最初の上陸地である加津佐の丘のコレジョの跡、いまは畠地になっているということだが、この地こそ日本における西洋式活版印刷の発祥の地なのだ。

少年使節の中でもっとも印刷術にすぐれたコンスタチヌス・ドラードは、口之津から茂木まで海路をとって長崎に向かったとあるから時間によってはそのコースをとってみよう。

長崎は史跡だらけで、今まで何回か訪問しているが、今回は日本ヤソ会コレジョ跡を調べたいというわけで、綿密な計画をたて準備おさおさおこたりなかったが、前々日になって台風の進路が、真っ直ぐ九州を狙っている。旅館、航空券のキャンセルは早くしなければならないということで前日、中止の決断をした。

当日になってみると、台風は本州にほとんど影響をあたえず九州地方は快晴。いやはやまったく残念なことであった。

小生は山登りなどで気象条件の悪化により、いさぎよく計画断念した経験は随分ある。けれどスカを喰わされたのは今回がはじめてで、落ちついて考えてみると、情報過多と情報の解釈が誤っていたということになる。

二十一世紀に向けて情報社会を建設しようとか、情報産業の時代とか情報情報とうるさいことである。けれども多過ぎる情報をいかに取捨し選択するかが大事で、これが本当の意味の情報であろう。

私の旅行中止など小さな問題だが、人の噂によって細君を殺してしまったり、誤情報によって飛行機を墜落させたり、船を砲撃したりしては何のための情報社会かわからない。

最後の判断は人間であるけれども、誤判断をしないような良質の情報を提供するのがいわゆる情報産業の任務であろう。

（八九・一）

年末年始のマスコミ

年毎に、年末年始の気分が薄れてゆくが、今年の年始正月はとくにその感が深かった。天皇陛下御闘病の最中、おめでとうでもあるまい、というわゆる自粛のあらわれで、われわれ会社勤務のものにとっては、めったにない静かな長期休暇といった態であった。

ただ新聞の分厚いページ数、年末からのテレビの恒例番組は相変わらずで、紅白歌合戦、除夜の鐘、日本列島各地の正月風景、日本芸術の紹介など「きまりもの」が多かった。

私は紅白はめったに見ない。酒席のドンチャン騒ぎを家庭のお茶の間に持ちこんだようなもので、それにしては、金をかけ過ぎて、司会者のはしゃぎ過ぎは見るに堪えない。

とくに最近、光ＧＥＮＪＩとか少年隊とかいう得体の知れぬ芸人が出てきて、マイクの棒を振りまわしたり、歌の途中ででんぐり返しをしたり、正気の沙汰ではないね。

源氏物語や会津の少年白虎隊しか知らぬ小生にとっては、ばかばかしいのなんのって。

それで裏番組のテレビ東京の年忘れにっぽんの歌を見ることにする。毎年何人かずつ往年の歌手が物故していくのは残念であるが、古い人の真面目な歌いぶりが好きだ。

しかし、現存の歌手の若い頃全盛時代の顔写真を出し、ついで現在のクローズアップを見せるのは残酷である。

舞台を遠くから見るのと違い、テレビはやろうとすれば演技者の虫歯一本でも写し出すことが出来る。女性歌手の首筋の皺を克明に紹介する必要がどこにあるか。

おまけに生番組だからミスはそのまま放送される。渡辺はま子は歌詞を間違え、出だしのタイミングを誤った。彼女は私が参加していた楽団で歌ってくれたことがあるし、われわれ年代のものにとっては「支那の夜」で憧れの存在であった。

彼女の失敗は全体としてたいしたことはないが、目をおおいたくなった。テレビは残酷を売りものにしてはいかん。

年初めの新聞・テレビで共感を得たのは、朝日の社説「日本人のイメージを変えよう」とNHK総合テレビで天谷直弘氏の発言（地球経済時代の日本）である。

両方とも、その趣旨は、いつかこの欄で筆者が言及した品格を高めようということで、金持ちになった日本人は美に対する意識がなくなり、立ち居振る舞いが「かっこ悪く」なり、品性下劣に傲慢になったとしている。

まことに同感。日本の町並みの乱雑さや、外国における日本人の行動など気品があるとはとても思えない。テレビでも新聞でもよい。開店と同時に殺到し、バッグを買い漁るパリ有名店内の日本女性群の姿を、ルポ紹介してはいかが。

（八九・二）

天皇の戦争責任

私は学校を卒業して一年間、会社勤務をしてから海軍予備学生を志願した。海軍兵学校や機関学校三、四年の教育を一年に圧縮してやろうというのだから、猛烈な訓練で鉄拳の数は何百発。それでも垢抜けして、スマートなことをよしとする海軍のこと、軍人勅諭を丸暗記するというバカげたことは強制しなかった。あとで、あの時代、女学生までがひとつ軍人は忠節を守るを本分とすべし、などといわされていたと聞いて驚いた。そうはいってもあれは名文だった。

わが国の軍隊は代々天皇の統率し給うところにぞある、とはじまって五つの教えは、いまもわれわれの身を律してあまりある。天皇の統率し給うところにぞある、と明治天皇が仰せられて昭和二十年まで続いたのであるから、その軍隊が戦争をはじめたとあれば、天皇にも責任はある筈である。

しかし、戦争はひとりで出来るものではない。開戦当時、諸外国の圧迫に対しては、新聞も評論家も軍人、政治家も大衆も等しく打倒米英を叫んでいたのではなかったか。

真珠湾攻撃の成功を聞いて全国民両手をあげて万歳を唱えたのではなかったか。それが敗戦の日を境に、根っからの民主主義者、平和主義者、親米派のような顔をして戦争責任を追及するとは、世の人のあさはかさにあきれるばかりである。

われわれの年代の者は多くの友人を戦争で失っている。ガールフレンドとデートしていて愉快な時でもふと彼等の顔が目に浮かぶ。胸がしめつけられることがある。

君がため花と散りにし
ますらをに
見せばやとおもふ
御代の春かな
（加納諸平）

戦争責任の一端は昭和天皇にあるかも知れないが、敗戦時の混乱を救ったのも天皇である。いや、あの決断がなかったなら今日の日本、日本民族はなかったろう。天皇制の是非を論ずるのは勝手だが、天皇の責任どうのこうのはお門違いである。

年のせいか涙もろくなった。お悔やみの記帳に行って、大内山を拝しただけであふれる涙をどうしようもなかった。

（八九・二）

ブラジルよいとこ

四年に一度の世界印刷人会議（ＷＰＣ）というのがあって、ブラジルのリオデジャネイロに行ってきた。日本は議長国というので、日本印刷産業連合会の鈴木和夫会長が団長となり、八十数名が参加した。世界中から二十数カ国千人以上が集まって、十数人の講演を聞いた。

日本の講師は鈴木会長と、共同印刷の原浄隆さんである。鈴木さんは印刷界の団体としての立場、原さんは二〇〇〇年のビジョンの話をした。この内容は業界紙誌に報道されているからここでは繰り返さないが、多くの質問があった。

外国では講師に質問するのが礼儀だというくらいで、とくに日本の講演には遠慮のない質問が寄せられた。二〇〇〇年のビジョンに対しては、甘すぎるという意味も含めて、パニックのことは考えに入れていないのかとか、環境保全についての考え方、日本ではなぜロボットが進んでいるか、教育訓練の仕方、日本の印刷会社の海外進出についてなど。二人の講師はいちいちていねいに答えていた。

この会議のよいところは、各国の印刷・出版事情が分かることである。とくに発展途上国やラテンアメリカの事情は、日本ではあまり知られてないから勉強になる。悪いところは、回数を重ねているうち（ことしは第四回）改善されたが、各国のレベルにおかまいなしの講演（とくに技術上の）があったりして、質問がトンチンカンになりやすいこと。

それはさておき、各国同業者の親睦を深めるには、本当によい機会で、パーティは当地お得意のサンバのリズムに裸の美女が大サービス。のってくると全員が列を作って踊り出すといった按配であった。

コカパバーナの海岸では、ハダシのサッカーのほかに、バレーボールが夜間でも盛んに行なわれている。話によるとビーチバレーはカリフォルニアで生まれたのだが、ここリオにきて爆発的人気スポーツになったという。なにしろ暑いから男も女も全裸同様の姿で太陽の下、走りまわっている。筆者もハダシのサッカーに参加したかったが、昼間は仕事だし夜間は物騒だというので、朝のジョギングだけで我慢した。物騒というのはスリ、カッパライの類いで、インフレ、失業がすごい。それで政府に抗議して、教師がストをしているのだがそれが今年になってずっと続いており、子供は毎日遊んでいて困ると、日本人ガイドが話していた。

インフレの凄さは紙幣にあらわれている。クルゼーロ、クルザード、新クルザードとどんどんお札が変わり、印刷が間に合わないからスタンプを旧紙幣に押してある。一回の切りかえにゼロを三つ落とすのだし、それが二年に一度くらいだそうで、これではたまらない。

しかし町で見る庶民の顔は実に明るくて、ノンキそうである。大金持はいるらしい。会議の呼びものの宝石ショウを見に行ったら、美女が数人、何回も何回もジュエリー製品をつけて出てきて、息のふきかかるほど顔をよせてきた。

（八九・六）

趣味の人小柏又三郎

小柏又三郎がなくなった。かれが高等工芸印刷科にはいったとき、名札を見て宮沢賢治の風の又三郎を思い出した。童話の又三郎と違って芸術家といってよいほど絵や書、篆刻などに明るく、凸版印刷に同期入社の鈴木和夫元社長がいっているように、生まれながらの印刷人だった。(後年、同社が百周年記念として印刷博物館を作るとき、彼がいたらなあと、星野利一副館長と話したことがある。)

彼は、私の絵や書の先生でもあった。水彩絵の具の使い方、筆の運び方、ご馳走を描くことなどは彼から教わったし、中国旅行をしたときも栄宝斎文房具に関心を示し、唐詩を大きく襖用に書いてもらったこともある。人形屋の東玉の文字は、彼の字と聞いた。そんなに病身ではなかったが、三井記念病院に入ったときは元気で、あっという間になくなってしまった。写研の石井裕子さんや、同級の平野武利さんが死後の始末をした。印刷が芸術のかたまりであることを身をもって表現した人であった。

（八九・一〇）

一九九〇年一月〜二〇〇〇年二月

製鉄と半導体工場（専門外の工場見学）

写真が発明されて百五十年になるそうである。有名なダゲールが一八三九年、ほぼ同時にニープス、やや遅れてタルボットが、今日の写真の原型をつくった。感光材料はそれぞれ違っており、したがって画像定着の方法もまちまちであるが、五十年ほど経ってアーチャーが湿板法を発明してから、急に現代の写真技術に近づく。湿板は濡れている間に感光させねばならないが、乾板ができてから、感度も高く、持ちあるきもできるようになった。

ところで印刷の歴史は、写真よりずっと古い。近代的な活版は一四四五年頃のグーテンベルクの発明とされているから約五百五十年の経歴だ。その歴史の過程で印刷と写真とがお互い干渉しあうようになるのは、写真印画法と写真製版である。

写真印画法とは、透明ネガチブを作ってから、ポジの印画を作る方法で、現在の写真法はほとんど九十パーセントがこの方法だ。印画紙は銀塩感光材のほか初期の頃、重クロム酸塩が使われた。鉄塩は青写真として広く利用された。

重クロム酸塩はカーボン印画・ゴム印画といわれる印画法に利用されたが、これが製版法と結びつく。金属版材の上に重クロム酸コロイドを塗布し、写真原板から焼きつけ、現像して耐食膜を作り腐食する。こうして線画凸版、写真版、原色版、卵白平版、グラビア版などが作られるようになった。一八六〇年から九〇年代にかけてである。

初期の頃は印画を作る過程で版ができたり、はなはだ分明でなかったが、次第に写真製版といわれる領域ができてきた。その中で最大の話題は網版と三色版である。

網版はスクリーンを使って一般の写真を大小の網点で、はじめから印刷を目的とした。

これと色分解による三色写真とが結びついて三色版、いわゆる原色版ができあがった。

この原理は、プロセス平版、カラーグラビアとなり、またカラーテレビにも利用されている。

このような写真と印刷のかかわり合いを歴史的に見てくると、いまいわれている学際とか業際を発明者たちが心得ていたように思われる。

学際とか業際という言葉を筆者はあまり好まないが、周辺地帯（マージナルゾーン）はもとより、かなり幅広い知識を、これからの技術者は持っていなければなるまい。

それには書物を読むと同時に自分の専門外の工場を見るのが大切だ。

筆者も印刷工場はもちろんのこと、毛色の変わった工場をつとめて見るようにしている。

昔の町並みにはいろいろな職人が店先で仕事をしていた。桶の作り方、刀の研ぎ方、カンナのかけ方、紙の切り方、せんべいの焼き方、精米から下肥えまで、こどもたちは興味をもって見て、いろいろなことを学んだ。現在、物を作るのは町から隔離された塀の中で行われている。どうやって物が作られているのか見る機会ははなはだ少ない。

話が写真から下肥まで落ちたからここで終わりとするが、筆者は昨年見た工場の中で、製鉄と半導体の工場が印象に残った。

（九〇・一）

映画八甲田山を見て

新田次郎著「八甲田山死の彷徨」の映画化で原著は組織論として二十数版を重ねた。これは高度成長期の企業における研修のテキストに大分売れたらしい。映画も筆者が三越劇場で二回見たくらいだからかなりヒットした筈だ。物語は明治三十五年、日露戦争の前、青森と弘前の連隊が八甲田を雪中行軍し前者が二百名の凍死者を出し、後者は一人も出さなかったという事実を、吹雪をついて映画化したものだ。筆者は歌の好きな母親から陸奥の吹雪という軍歌を習ったが、これは落合直文の作詞で巷では兵隊さんが二百人凍死したということで全国に流行、義援金も多額集まったという。なぜ天と地といえる結果になったかというと、青森連隊は中隊編成の上に指揮班がつき、大隊長が指揮をとるという中隊長の上に大隊長が突然出てきて指揮系統を乱したこと、弘前隊は雪の経験の多い出身者から選抜し、二百数十キロすべてに案内人をつけた。青森連隊は案内人を排除、雪の経験のあまりない隊員をもって編成、準備時間もあまりなかったことなどがあげられる。

映画は斜陽といわれ、名のある男優はすべて出演。青森県も援助しての大作、東奥日報からも従軍記者が参加するなど、話題にはことかかない。映画を見ての感じは、同じような服装の兵隊がやたらに出てくるのでどちらが青森か弘前かはすぐわかる様にしてもらいたかった。雪の進軍氷を踏んでの軍歌と芥川也寸志の音楽は秀逸。

（九四・一〇）

中村真一郎先生のこと

昨年平成九年は、多くの有名人がなくなった。杉村春子や西田修平、西村晃、亀倉雄策や三船敏郎もあの世に旅立ったと思ったら、翌日、中村真一郎先生の訃報をきいた。

一昨年夏のたいへん暑い日、縁あって中村先生を訪問した。最近出版した「眼の快楽」という単行本を松下博さんの世話で頂いたのでそのお礼もあるが、この美術書というか随筆は、特別な作り方がしてあるので、それが縁である。NTT出版の四六判二百ページ足らずの本であるが、文章と美しい複製画がところきらわず混ざりあっている仕組みだ。先生がNTTや証券会社のPR誌に書いたものを集めたのだが、絵の裏に絵がある読者本位のレイアウトなのだ。

通常、本がけならば片面に絵がくるように按配して、いわゆる四＋一色のコスト安を狙うのだが、この本は一切おかまいなく、四＋四色で刷っているのだ。編集者も楽だし、見る方も楽で心地よい。これは四＋四色の印刷機が普及して、経済的に本が出来るようになったためだ。本の値段は三千三百円。高めの設定だが、絵と同一ページに解説があり、見開き絵が立ち切られずに挿入されているので、題名の「眼の快楽」を地で行くことができる。

先生は平成五年には「死者たちのサッカー」という、現代「雨月物語」ともいうべき怪談を文芸春秋から出している。現代伝奇集と銘打って十篇のコントを著者の表現をかりれば、小説を近代写実主義から解放して、自由な空想に遊んだものである。墓から現れて銀行の倒産を救う南米の美女や、中年女の体となって生き返った少女や、死んでからも食欲がおさまらないグルメの実業家、などが古きよき時代のパリを舞台として登場する。
そういう特色のある人物たちの会話や行動には、旧制高校時代を懐かしむ著者の心が見えるし、教養が感じられる。先生は七十九歳だったから兵役、勤労動員なども勉学を妨げず、旧制高校三年、東大三年をみっちり勉強したのであろう。それと多数の友人との出会いを生む寄宿制度のすぐれていたことが、はしはしに感じられる。

（九八・一）

「タイタニック」を見て

「新聞之新聞」に平野裕さんが映画「タイタニック」と「セブンイヤーズインチベット」の話を書いておられるが、この二本の映画は、ことしの正月興行として大当たりであったようだ。両方ともよい作品だが、とくに今世紀初頭の大事件として、また映画の見せる迫力として「タイタニック」の方が上である。

後者はダライラマに関しての話で、父性愛が描かれていて大いに感銘を受けた。「タイタニック」は、無線が実用になったばかりのころの話で、ニューヨークタイムズの取材態勢が大いにモノをいった。「タイタニック沈んでタイムズの株上がる」というわけだ。

船乗りには「カームに氷山」という教えがあって、静かな海でも油断をするとたいへんなことになるといわれるが、あまり静かな夜なので船長は持ち場を離れる。ワッチは二人で雑談しているうちに大氷山があらわれる。

面舵だ、取り舵だと騒いでいるうち、二十二ノット（約四十キロ）のスピードで船腹を削られる。大きな船だからほとんどの乗客は気がつかない。ホールではダンスに興じ、一組の恋人たちは恋をささやき、迫りくるカタストロフィに気づかない。浸水がひどくなって事実が知らされると、大混乱が起こる。

救命胴衣をつけた乗客はボートに群がるが、全乗客を収容するには半数しかない。こども、女性を優先させようと乗組員は必死だが効果はない。バンドは落ちつかせるべく讃美歌を演奏する。

下方の機関室では、水につかりながら大奮闘だ。大きなクランクシャフトの昇降が見ものだ。例の恋人たちは、多くの障害にあいながら互いに相手を助けようとする。

いよいよ船首が沈みはじめると、甲板の乗客が豆のように滑り落ちる。沈没は実物大の船のレプリカを二つに分けるように造っておいて、迫真性を高めたという。

このセットは、ハリウッドから車で四時間ほどの海岸に二十四億円をかけて作られ、二万五千平方メートルの海水タンクに実物大の船を浮かべ、沈没のシーンも九十センチの浅瀬から深海までの撮影をしたという。

（九八・二）

明朝体のウロコ

書家であり、歌人である会津八一氏が子供のころ、新聞活字をお手本にして習字を勉強したことは有名な話である。だから彼の書は（歌もそうだが）非常に読みやすい。といって、明朝体で書いたわけではないが、読みやすいというエッセンスを、この書体から学んだのだろう。

明朝体の読みやすさは、線の端末のウロコにある。ウロコは魚の鱗で、日本の文様にもある二等辺三角形だ。「これは何と呼称しているか」という問題が、またＮＨＫのクイズ番組「日本人の質問」に出た。

いつもの「ニセの回答」では、終わりにコがつく三文字という司会者のヒントでスエコとか、インコとか、ゲンコとか、にまどわされて、正解は一組（岸恵子と有馬稲子）だけであった。

そのウロコがいつごろ出来たのかは中国の文献や、拓本を片っ端から調べる必要がある。筆者は伝手を求めて中国の上海博物館、韓国の清州古印刷博物館、台北の故宮博物館を調べた。

カタログだけの調査だから厳密とはいえないが、清州の仏祖直指（フランス図書館所蔵）の複製は、わずかにウロコを持っている活字が見られるし、上海の北宋・趙佶の千字文、台北の中央研究所の宋時代にもウロコらしいものが見えはじめている。

だから明朝体は、木版の彫刻技術を能率化するために出来て、さらに見易くするため、はっきりした三角形となっていったものであろう。

残念ながら、このＮＨＫ番組の録画撮りには間に合わず、また時間の余裕があっても、お金にゆとりがないため、もう少しのところで同定できなかった。ＮＨＫに取材費の値上げを要求してこの項を終わる。

（九八・三）

印判とサイン

金融関係の不祥事が続いて、小切手、手形その他に押す印判がやかましくなった。忙しいときに何十枚押すのは、案外にたいへんな作業であるが、この頃は少しでも不鮮明だと受け取らないことが多い。外国人は日本の銀行と取引するときは、やはり実印を作って押すのかしら。それともサインだけでよいのだろうか。

サインは判と同様、他人には書けない、本人独得のものだ。世の中にはずいぶんクセのある字を書く人がいる。

松本清張の小説に「球形の曠野」というのがあって、京都だったか、奈良だったかのお寺巡りの女性が、どこの寺でも同じ筆蹟の署名を発見する。その字は、消息不明の伯父の字に似ているということがこの話の発端で、ミステリーが展開してゆく。

筆者はその筆蹟、確か米芾といった、どんな字なのか関心を持っていた。そこで、前号に紹介した中国歴代書法館を開いたら、あったあった。北宋の人で、行書風の字を書くことがわかった。この字なら似ている字を書く人に、この欄にしばしば登場してもらうM君がいると気づき、早速電話をした。

彼は書にくわしく、自分の字が米芾に似ているとはたいへん光栄だ、実は自分は徽宗の字を習っているのだという。徽宗の時代の詩では蘇武、書では前述の米芾、画では季公麟ら芸術家が輩出した西暦でいえば一千年の頃である。

今度はその書を調べに国会図書館に行った。案内係に中国の皇帝の徽宗を調べたいというと、つまり徽宗は、ローマ字入力でなくちゃいかんのか、と問うたのだが、親切にもカナでもいいといいながら入力してくれたら、「奇想天外」が出てきてあわてた。さてと、三階のアジア部に行ったら比田井南谷著中国書道事典というのがあり、一発で解決した。

徽宗は天子だけに、気品があるが、日本でいう清朝風の折れ釘流だ。それに反して米芾は行書風のみみず流で味がある。私としてはみみず流の方が親しみがあって好きだ、とM君に報告した次第。

（九八・四）

社長の手紙

先般、ある新聞社の社長名で、封書が私宅あてに送られてきた。開封するまでの一瞬、いろいろなことを考える。この「新聞技報」に失礼な記事をのせたかなぁ、あるいは長年、「新聞技報」にお世話になったからそのお礼か、いやそうではあるまい購読中止の通告か。おそるおそる開いたら、なんのことはない、長年本紙を愛読してくれて有難たいとの礼状であった。前代未聞とはこのことか、チラシではなくてレッキとした署名宛名入りの手紙で、一読なるほど感謝してくれているのだと思ったが、なんで急にこんなことを、と考えて、ハハア景品問題の余波か、再販廃止の反対運動の一環か、と納得がいった。

それならお礼の印にお恥ずかしいけれどもご利用下さいといって、新聞社主催の美術展入場券一枚くらいくれてもよさそうなものだが。

見本紙とか無代紙とかいって無料で本紙を配布するらしいが、小生の会社も「新聞技報」だとか、「編集校正便覧」というペラモノを発行しているが、よほど管理を厳重にしないと数が合わなくなる。展示会場での売場や事務所で客がちょいと一枚もってゆくのだ。

本の形になっていればそういう万引きまがいの被害はないが、どうもペラモノは困る。こんなに沢山積んであるのだから一枚くらい、という精神がこわいのだ。そのくらいケチにしていても年に一度棚下ろしをしてみると足りない。これは損失であって決算時に営業報告にのせる。どうも本や新聞というのはタダで出来る、と勘違いしている人が多い。自著本、自社本をやたらばらまく著者、発行者が多いからだろう。

資材もムダになることである。これからは本当に読んでくれて、役に立てくれる人だけに恵贈すべきだと考える。

ムダといえば、次々と新刊を発行する出版社もムダをやっている。返本率四十パーセントなら安心だなんていうセリフを、どこかの国の人がきいたら腰をぬかすのではないか。

そして古雑誌、新聞回収の曜日に、老骨にムチ打って集荷場に運ばねばならない。一緒にはさまっているチラシや社長の礼状もだ。


（九八・五）

テレビの怪

もう十年も以前のことであるが、ＮＨＫの「何でも印刷」という番組に出演した。世の中、なんでも印刷できる、水にも印刷できるという話をして、山川静夫アナウンサーに助けられ、印刷会社の現場も録画させてもらい、自分でいうのもおかしいが、面白い番組が出来て好評だった。

それから何週か経って、あるテレビ会社から電話があって、先般の「何でも印刷」を若干変えて新構想のものを作りたいという。そこでＮＨＫとは発想の違うものを考えて、チエを出してやった。それからしばらく経って、台本も見せずに何日にナントカスタジオにきてくれ、というので予定を入れておいた。

ところが、当日になってもウンともスンともいってこない。放っておいたところ、病院で療養中の友人から、お前の番組を見たといってきた。

私はスタジオに行っていないのだから、監修とか指導とかで名前が出たのだろう。ヒマな病人だったからテレビを見っぱなししてたらしい。

また、このごろは再放送が多いから、前回のを見たのかも知れぬと思ったが、あれはＮＨＫ、今度のは民放だ。どうせテレビは絵そらごと、夢かうつつか幻か、と忘れるともなく忘れてしまった。

ところが最近、「事のはじまり印刷」という番組で、ことしの一月収録し、二月三日放映したものがほとんど同じ構成で紹介されていた。新しく挿入されたのは、山梨の葡萄園で取材したしぼり機の場面だけである。資料提供の水野雅生氏の話では、以前同じテーマで放映したといっても、担当者は知らなかったらしい。ＮＨＫ下請けの何とかプロダクションである。主役は小生にかわってＫ大の教授。それも東大の教授に依頼したが、時間がとれないということで変更したらしい。
ＮＨＫにしてもその下請けの番組制作会社にしても、調査段階ではこちらの都合は二の次で、トコトン訊きまくる。お礼はなし。それにしても作る番組が多すぎてヤッツケ仕事になる。これからいろいろなテレビ局が出来て何百ということになったらどうなるのか。

（九八・六）

ファンの感想

流行とはおもしろいもので、フランス大会の期間中、新聞紙上第一面にワールドサッカーの記事を見ない日はなかった。テレビも民放は、ＮＨＫに現場（競技場）をおさえられているから、座談会とかなんかで、批評家の意見を紹介していた。

サッカーの評論といえば読売の牛木素吉郎、毎日の荒井義行、朝日の潮智史らが専門家で、ファンが見ても信頼のおける記事を書いていた。ところが、昨今のブームでにわか記者やら、にわか評論家が続出、総監督に岡ちゃんとか、なんとか勝手に愛称をつけて、その戦いぶりをトンチンカンな筆で紹介している。

大体、今になって書くのは気がひけるが、サッカーを知っている人たちはまず、日本チームは三戦全敗、よくて引き分け一勝くらい、と見ていたのだ。アルゼンチンに〇対一は、ほんとに運と偶然の産物だ。これであともいける、と期待をもたせてしまったから、二敗すると交代がいけない、選手選びが間違っているの、フォワードがだらしがないのと、監督の責任論まで飛び出す始末。

サッカーの一点は野球の三点か四点、バスケットボールの数点に相当するといわれ、一対〇の差はとてつもなく厚い壁なのだ。それと選手のコンディション、平たくいえばその日の調子だ。バカに具合がよいとき、全然ダメなときがある。これが十一人揃うとたいへんな開きとなる。またツキもある。普通なら入るはずのないヘナヘナシュートが、審判にあたって入ってしまったり、その逆もあるのだ。運を呼ぶにはふだんの練習がモノをいう。ただし日本サッカーをどうしたらよいかは、少々長い目で見ないといけない。

身体の運動能力の向上と体格の改善だ。少々あたられてもバランスをくずさぬ体力とねばり。子どもの時から塾通いばかりでは、激しいスポーツに向く体格体力は出来ない。十分に栄養をつけて野山で好きな遊びをさせる。十分な下地が出来てから、水遊びでも野球でもサッカーでも、基本からたたきこむ。もちろん二十四時間指導だ。二〇〇二年に間に合うかどうかだ。

（九八・七）

和食は世界一

日露戦争（一九〇四〜五年）頃の話である。当時、大国であったロシアは、巨大なクマ（白クマか？）にたとえられ、日本はその爪にかかって一撃のもとに打ち倒される、哀れなネズミにたとえられていた。世界中がそう思っていたし、日本人も何割かはそう思っていたに違いない。

ところが、フタをあけてみると、ネズミはクマと対等に戦っている。大陸では窮極のところ肉弾戦だ。

その頃の日本人は、現在より平均二十センチ身長が低かったから、子供と大人の違いのようなもの。それが各地の格闘戦では、武器がなくなれば相手の目玉に指を突っこんでまで圧倒し、決してロシア兵に負けなかったということから、世界中が驚いた。

平素、米の飯（麦飯）を食っている効果だとか、味噌のお陰だ（これから手前味噌の言葉ができた）とか。ロシア側でもいろいろ研究して、塹壕生活で暖かい食事をさせる必要がある、と結論した。確かに寒冷地で冷たい食事ばかりでは力が出ない。日本でも最近、スーパーが多くなって、家庭での料理づくりが減ってきた。パリ、東京、ニューヨークの順で、それぞれ四十二、四十一、二十五パーセントとなっている。

ほかの統計でも日本女性は、割りと料理をしている。そして、人気料理は暖かいものが多く、揚げもの、煮る、ゆでるの順で東京が一番高いパーセンテージである。

では、現代の食生活はどうかというと、バランスのとれているのが日本、カロリーのとりすぎがアメリカ、グルメ指向がフランスだという。

この点からみても、一番合理的な食事をしているのが日本人だ。このところ不景気だの、不況だのと元気がないが、「日本人よ、昔の元気をとり戻せ」といいたい。

最近、中国、韓国、ロシア、ドイツ、フランス、イギリスなどを歴訪して感じた食事の質である。

（九八・八）

連けいプレー

私事で恐縮だが、今夏、身内に不幸があり、いろいろな役所・会社・団体にご厄介になった。やっと四十九日が済んで、嵐のような二カ月を振りかえってみる余裕も出来た。

まず感じたのは、救急隊の有難さで、次には警察、病院、葬儀屋、花屋、お寺、仏壇店、墓地、墓石屋、香典返し用品屋などの連けいプレーのよさであった。当事者は動転しているので確たる方針はない。専門家に任せてしまうので、彼等もやりやすかったのだろう。

救急隊は別として、病院はやはり設備の整った大病院がよい。適切な処置、ゆき届いた看護をしてくれる。それに死後の処置もていねいで、医師、看護婦さんにお礼を申しあげる。そこで葬儀屋に連絡をとってくれると、もう敷設されたレールに乗って進むばかり。当方は、親戚縁者への連絡だけ。会場の設定、等級の決定（弔問客数、供花の数などで異なる）など式典係が万事のみこんで取りはからってくれる。

この間にも、役所への諸届けも抜かりなく、指定の宗派の寺を探したり、時間にあわせて僧侶と交渉、火葬場への連絡、葬儀用車、タクシー、ハイヤーの手配、客へのお礼手土産の準備、会場への道案内、駐車場の準備、車の規制整理と、一切の進行を司ってくれる。

弔問に行って不愉快な思いをすることがままあるが、それは以上の事柄に手抜きがあったからだ。ある有名人の葬儀で、参列者の誘導が下手なため、早くから並んでいた人達が後まわしになったことがある。

だから、ベテランの葬儀社には安心していられる。そして各係の連絡のよさに感心した。

それに比べて銀行の能率の悪さ、見方を変えれば顧客に対する不親切はあきれはてる。お寺は、朝早くから一日営業しているが、銀行は九時から三時まで。わずかの金の解約や相談に手続きの面倒なこと、謄本それも大分以前にさかのぼってのもの、印鑑証明、相続人一同の署名、これらがみな完璧でないと受けつけてくれない。態度はいんぎんだが、長年の顧客に対する心持がこもっていない。

（九八・一〇）

読売と中公

読売新聞が中央公論社を「救うため」に合併したとのニュースに、マスコミ界は大騒ぎだ。百年以上続いた名門老舗も、時代の荒波を乗り切れなかったのかと、身につまされる思いだ。

私のところで出している「印刷雑誌」も正確に勘定すると百六年ほどになるが、暖簾の古さと収入はあまり関係なさそうだ。油断は出来ないと自戒している。

ところで、印刷会社の成績は、ここへきて急激に悪くなっている。凸版印刷でさえ、五、六パーセントの落ち込みで、原因は出版界の不況が主だという。いま、手許に昭和五十九年度の日本ABC協会による発行部数のメモがある。それと昨年の数字を比較してみると、週刊朝日三十七万（四十七万）、週刊現代七十一万（六十七万）、サンデー毎日十五・七万（二十七万）、週刊ポスト八十四万（九十二万）、週刊新潮四十八万（五十九万）、のように軒並み十万部ほど減少している。「現代」は増えているが、大雑把にいって、一年に十万部平均減っている。

少女クラブで分からぬことを
そっと開いた主婦の友

という句があるが、婦人雑誌の解体、ピンクに衣がえも最近の出版界の様相だ。中央公論社では、婦人公論という硬い雑誌を出していたのが、いつの間にか方向転換、それでも支えきれなかった。

もともと出版社は、生産設備や機械装置はない。あるのは電話機や机くらいのもの。無形財産では著者や取次との人脈、編集員を主とする編集のウデだ。土地建物は別として倉庫には、在庫評価何パーセントかの本があるだけだ。

これに反して負債の方はあっという間に急成長する。中公くらいになると、毎月広告するから宣伝費がどんどんたまる。著者への印税・原稿料・デザイン料・用紙代・印刷・製本費などなど。

読売との合併発表後、中公の幹部は、危機は二十年以上続いていて、借金が消えるわけではない、と心配していたというが、そのとおりだ。今後、中公の精神が屈折しなければよいが。

（九八・一一）

郵便番号制

ことしも年賀ハガキのシーズンとなった。年に一度の便りしかない知人も多く、面倒なことだが、消息が分かって楽しい。ことしは面倒がもうひとつ加わって、三桁の番号が七桁になった。

郵便局からきた挨拶状では、九割が記入されているということで、わが日本国民の真面目さを表している。元駐日大使ライシャワー氏の著書によれば、日本人は、ガバナビリティの秀れた国民だということだが、つまり統治しやすい人達で、郵便番号でも消費税でも、ゴミの種別仕分けにせよ、皆よくいうことをきいて守っている。

今後十年間に約八千人の労働力を節減し、二千億円のコストダウンが図れる見込みだといい、一年目の平成九年度には二千五百人ほどを減員したそうだ。そして消費税率改訂時にも郵便料金据え置き、定形外郵便物の値下げ、十月には翌朝十時までに届ける「モーニング10」の取り扱い地域拡大などのサービスにつながったとしている。

サービスは有り難いが、追加の四桁を調べて記入するのはかなり手間だ。名簿等の組版にも影響は大きい。分類は次第に細かくなって地方によって異なるが、紙の仕分けも段ボール、コート紙、新聞・雑誌と素人には難しい仕切りもある。

乗車切符にしても、昔は窓口で行き先をいえば一発で硬券を売ってくれた。今は自分で路線を調べ、行き先や金額を入力しなければならぬ。金融機関の入出金も同様だ。団子屋に行ったら、そこにあんこがあるから、自分でまるめて食べて行きな。医者へ行ったら、この注射器でビタミンを打って行きな、という具合だ。

自動車のガソリンは、自分で入れるのがあたり前になるだろう。新聞なんかも政治とか、経済とか、国際とか、芸能と書いたボタンがあって、そこを押すと、担当項目がゾロゾロ出てくる。自分で見やすいようにレイアウトして、新聞紙大のサイズに貼りつける。

アレ、なんだかインターネットに似てきたぞ、購読料はどこへ払えばいいのかしら。ボタンを押す前にコインを入れるのかしら。いろいろ勉強が必要だ。

（九八・一二）

椿の花に宇宙を見る

平成十年二月に夏目書房から発行された池内了編の寺田寅彦随筆集「椿の花に宇宙を見る」。書名に魅せられて買う気になった。二百二十ページのハードカバーの本だ。

日常のありふれた現象を、物理学者の目で観察するのが寅彦流なので、椿の花でなくとも、バラでもサクラでもよいわけだが、椿としたのは深いわけがある。この本の解説によると、これは漱石の「落ちざまに虻を伏せたる椿かな」がことの起こりである。

寅彦が高等学校時代、この句について友人といろいろ論じあったが、偶然の機会から椿の花は落ちはじめる時は、うつむきでも空中で回転して、仰向きになろうとする傾向があるらしいことに気がついた。

多少、これについて観察し、実験もした結果、それを確かめることができた。そして高い木ほど仰向きに落ちた花の比率が大きい。低い木だと花は空中で回転する間がないので、そのままうつむきに落ちる。この空中反転作用は、花冠の特有な形態による空気抵抗の働き方、花の重心の位置、花の慣性能率などによって決定されることはもちろんである。もし虻が花心にしがみついてそのまま落下すると、重心が移動し、その結果、虻を伏せやすうなるのだ……と寅彦は書いている。また、あるとき裏が真っ白なハガキが配達された。これは二枚差しだと気がついた寅彦は、活字の凸凹がわずかに残っているはずだと考え、グラファイトの粉をまぶしたら、レリーフがはっきり出ておぼろげながら文面を読むことができた、という文章を中谷宇吉郎の随筆で読んだ記憶がある。

筆者は、ハガキを活版プラテン印刷機で刷っているが、手差しでは二枚同時に差す誤ちはまず起こらない。また、裏面にまで凸版のレリーフが出るというのは相当の強圧であって、技能的にはかなりの下手糞の刷り手である。

寅彦先生のマネをして推理したら、このような結果になった。

（九九・一）

昭和恋々

平成や昭和を恋うる大正男

とは筆者の駄句だが、この本「昭和恋々」(清流出版刊)は大正と昭和生まれの山本夏彦と、久世光彦のコンビによる思い出コントだ。

駄菓子屋、割烹着、姫鏡台、蓄音機、足踏みミシン、オルガン、下駄、カフェー、七五三、子守り、ブロマイド、原っぱ、物干台、縁側、七輪、露地、羅宇屋、障子洗い、輪タク、宿屋……など、昭和のキーワードについて、小エッセイと写真が添えられている。

こういう昭和の日常風景のスナップなら、読売にいた影山光洋だが、彼の写真は一枚だけで、大半は毎日新聞のを使っていて、なかなかいい写真が多い。

写真は、視覚に訴える思い出となるが、筆者の記憶では嗅覚、匂いにも昭和独特のものがある。たとえば、町のお宮の縁日に出る夜店のアセチレン灯の臭い、綿菓子（電気アメと称していた）、活動写真館の映写室から漏れてくるフィルムの臭い、場内客のせんべいを食うにおい。

小学校ではまた、いろいろの匂いがした。お洒落な先生は、コッテリとポマードをつけて、柳屋かメヌマのにおいをさせていた。音楽の時間にはオルガンの香り、冬になればストーブの石炭のにおい。一時期、チョークで落書きすることがはやって、短くなったのを大事にクレヨンの箱に保存した。

クレヨンのにおいは習字の墨の匂いより弱かった。硯で磨っていると、やがてプーンといい香りがしてくる。鉛筆の削り屑を火鉢にくべると独特のにおいがした。

勉強がすんだら食事だ。味噌汁のにおい、ごはんのにおい、白菜のにおいは、今でもかぐことができるが、酔っぱらいのヘドのにおいは消えて結構だ。それと肥え溜めのにおい、裏庭のドクダミのにおい、長屋のすえたにおいは消えてしまって、有難い。これらは恋々とはいい難い。

（九九・二）

印刷と出版と編集権

「お勤めは?」

ときかれる。「はい印刷学会出版部と申します」

「印刷する会社ですか」

「いえ、本を作る出版です」

「そうすると製本所ですか」

「いえ、本や雑誌を作り、それを売るのが商売です」

「そうすると本屋さんですか」

「いえ、執筆者やカメラマンに原稿を書いてもらったり、写真を撮ってもらい、レイアウトしたりデザインしたり……」

「そうするとデザインスタジオですか」

あー面倒だ、「出版ですよ、出版!!」

どうも印刷とか、製本とか、本屋というのはすぐ分かるが、出版という仕事は分からないらしい。これはかなり教養のある人でもこんな調子だから、出版とか編集という仕事を理解してもらうのはたいへんだ。

まして、出版権とか、編集権、著作権、原稿料、印税、委託販売、取次となるとさっぱりだ。出版は古い商売だから古い言葉も残っている。掛率とか、とりものとか正味などその間にはさまってCTPとかクライアント、サムネイルなどの用語が出てくる。

ところで編集権だが、インターネットを見ていてこれは編集者のいない落書きだと思った。トイレの落書きとはいわないが、勝手にいろいろなことをいっている。編集者不在のたれ流しメディアだ。一応プロバイダーなる編集者らしきものが存在するが、ピンクチラシの請負人みたいなもので、配布の責任はない。いや責任はあるのだが、追及できないようになっている。気の毒なことに印刷所がしばしばつかまったりするのも、責任の所在が明確でないからだ。

ピンクチラシは枚数からいってもたいしたことはないが、インターネットは何千何万の人が世界中で見ている。これが野放しとは恐ろしい世の中になったものだ。とうとう若い女性が殺されるという事態にまで発展した。二十世紀最大のメディア武器を利用した悪者は許せない。またこれ以上の犯罪が起こる可能性がある。

（九九・三）

新聞印刷と一般印刷

新聞製作の技術は、一般印刷と並行に進歩した時期と、一般印刷をリードした時期が、ないまぜになって興味がある。

明治五年、本木昌造が東京に活版製造所を神田佐久間町に作った時から、客筋は新聞社であった。横浜毎日新聞はわが国最初の日刊新聞として知られるが、木活字を使っている。筆者も七十一号を川田久長氏から頂いて大事に持っているが、明らかに木活字だ。東京日日新聞も明治六年の二百四号から活版に改めた、と古川恒氏の報文にある。途中で上海美華書館から輸入した活字を使ったが、不揃いなので木版に戻り、半年ほど経って築地活版の活字を使いはじめる。初期の新聞社は活字屋から購入していた。

一九六一年、朝日新聞が札幌で、ファクシミリによる電送版から、オフセット印刷したのに刺激されて、オフ輪カラー印刷が普及した。凸版製版にパウダレスエッチを採用したのは当然、新聞が先で、この辺は新聞がリード。

次の時代はカラースキャナによる色修正で、これは大印刷会社と製版組合が一九六二年、ＰＤＩスキャナを導入した。米国製でこれ以降スキャナによる修正はめこみが盛んとなる。一般印刷がリード。

組版関係では、東京機械のＡＴ型をはじめ、多くのメーカーからモノタイプが発表され、活版工程の自動化が進み、さらに一九六六年、写研のサプトン第一号新聞用写植組版機が当時の日本社会党機関紙印刷局に入った。次いで佐賀新聞、朝日新聞などでもホットから、コールド組版に移行した。さらに日経と朝日の電算編集システムがＩＢＭによって開発されるに及んで、一般印刷を大きく引き離してしまった。

さて、これからどうなるか。新聞印刷と一般印刷とは、向かうところが少々違ってきたようだ。一般印刷では、多数の印刷機の群管理やCTP、カラーの標準化などの方向。新聞印刷は、記者入力や整理の自動化、広告原稿カラー標準化などがあげられよう。

（九九・四）

新聞製作用語ハンドブック

東日印刷の常務だった青木茂さんがなくなったのは、昨年十二月二十三日のことであった。彼はもと毎日新聞にいて長谷川勝三郎氏の後継者として新聞製作技術の第一人者であった。

先般、彼の最後の仕事となった東日印刷の群馬工場（正式には毎日新聞北関東コア）を見せてもらったが、最新設備はもとより、昔の活版時代の新聞製作工程がそのまま保存陳列されていて公開されていた。

活字ケースはもとより、整理記者と丁々発止とやりあった組版台、紙型取り、鉛版の実物、鋳造機の類いである。今にして思えば、彼が毎日新聞に入社してから四十五年間、新聞工務人を育てあげた機器材料の数々であった。

この繁忙の中にあって新聞製作の四部門中、下流工程の用語を英語引きで解説をつけている。たとえば on the fly は（印刷中に、大いそぎで）となっており、輪転機開発の一つの方向として、必要な動作（たとえば版変えなど）を行う工夫がされている。この目的を表現する用語、プレスを止めないで紙つなぎをする装置を、フライングペースターと称するなどはその一例。そして数行の英文例が添えられている。

もう一例をあげると、state of the art（最新型の）機材の斬新さを表す表現。

Manning levels（要員数）作業をこなせる要員数のこと。

といったように、普通の語学辞典ではてんで役に立たないような用語を集めて、しかも例文まで採っているので、これから勉強する人にはまことに親切な用語集だ。青木さんにとっては、その蒐集のほんの一部であるのが残念だろう。

（九九・五）

明治の新聞劇

劇団文学座が、明治時代の日本の新聞を題材とした劇を上演するというので、見に行った。

舞台は一八九四年、日清戦争時に「萬日報」の従軍記者として清国・旅順へと派遣された主人公が、日本軍による現地民間人への虐殺を目撃する。彼はその記事を「萬日報」へと送るが、日清戦争に対する国民の士気をくじくことになりかねないと、記事は社主によって握りつぶされてしまう。主人公は「大衆を真実へと導くのが新聞の役目である」と言い残して社を去り、北海道の荒野に妻と二人隠遁する。そこへ、妻のかつての恋人であり、記者時代の同僚が訪ねて来て……といった内容。理想と現実、男女の愛憎をテーマとした、見応えのある劇であった。

劇の背景となった「萬日報」とは、もちろん「萬朝報」のもじりだろう。萬朝報は世情一般の出来事を報道するほか、翻訳小説をはじめ文芸欄に力をそそぎ、多くの読者を集めた。

ちょうどこの時代は、報道に対する国民の希求が著しく強まり、それと同時に全国各地で新聞の発刊が相次いだ。新聞社はこの頃、八十社から百二十余社にまで増加したという。

新聞印刷に輪転機が使われるようになったのもこの頃だ。それ以前は活版印刷機で日刊新聞も刷っていたのだが、おそらく毎時七百枚程度しか刷れなかったに違いない。印刷にかかる時間を思うと気が遠くなりそうだ。

さて、文学座は、長い伝統があるおかげか、観客の年齢層は他の劇団と比べると、若干高いように思われるが、今回の劇では若い女性の観客の姿が目についた。同伴の女性社員に聞いてみたところ、主演の俳優が今若い女性の間で大人気とのことで、彼目当てに来た観客が多いのでは、とのこと（かくいう彼女も熱烈なファンで、男性社員が行く予定だったチケットを無理矢理奪い取ってしまった）。当然、チケットは即日完売。追加公演も上演されるほどの盛況ぶりであった。

（九九・六）

映画「タンゴ」

めったにテレビを見ないから、世の中に、「ダンゴ三兄弟」の歌があらわれて、大流行しているとは知らなかった。

なんでも子供向きの番組で、作者もその流行ぶりに驚いているという話だ。わが国民性の付和雷同性によって、いったん流行すると、ネコも杓子もダンゴダンゴダンゴというわけで、また凋落の時も早いだろう。

ダンゴではないタンゴについて、筆者は若いころ「カプリ島」をきいて好きになった。あの曲は、なにか若者に希望を持たせるメロディーであった。このほか「小さな喫茶店」とか「ラクンパルシータ」なども名曲喫茶で聞いた不良老年どもも多いだろう。

タンゴが好きだという老年どもは案外多い。それも、ちょっとどころか闇雲に好きで、本場のアルゼンチンまで行ったという人。タンゴの踊りばかりを習っている人。バンドネオンの切れのよい演奏にうつつを抜かしている人など多く、ほとんど病気である。

そこでロングランの映画「タンゴ」を見にいったというわけだ。

タンゴの名手、男と女が複数登場して群舞の場面は迫力があり、対で踊る主役のセシリアナロバは、強い個性の持ち主だ。コンチネンタルと違って、アルゼンチンタンゴは、女の股に男が足をつっこんだり、アクロバット的に弓なりの女をかかえたり、一時流行したランバダほどではないが、かなりセックスを意識した踊りのフィガーが出てくる。このセックス大安売りの時代に合っているのだろう。こんなにロングランが続くのは。左様、三カ月は続いている。

元来、ブエノスアイレスの暗い酒場が発祥の地だというので、映画のトーンも全般的に暗い。いや暗過ぎると思う。もう一絞りを明るくしてもらえると、陰うつな中にも少々希望の光がさす作品になったろうと、素人は考える。甘いダンゴの中に一本、あんかけを入れてほしいのだ。

（九九・七）

活字と文豪

雑誌からも新聞からも、活字が消えた。けれども金属製の活字はなんともいえぬ魅力があるもので、いまだに愛好家が多くて、書体はやはり築地体だとか、いや秀英が好きだとか、やかましい。

活字が普通に使われていた時代は、もっともっと愛好家がいただろう、と調べていたら、「大菩薩峠」の中里介山が、相当の活字マニアであることがわかった。机龍之介の活躍するこの時代劇は、大正初年の都新聞に連載されファンを魅了した。

いま文庫本で十巻にもなる大作だが、著者は大の活字好き。東京に住んでいた大正中期から、活字とフート印刷機を買い集め、高尾山の麓に移った頃は、本格的に組版ができるようになっていたという。

東京まで出た折には、活字を買って高尾に帰ったというからハンパな自費出版ではない。南波武男氏によると、最初の第一冊、「甲源一刀流の巻」は、二百二十八ページの和装本。すべて和紙を用い、表紙は濃い紫色、口絵もついていて、小川芋銭の地蔵尊像と、井川洗崖の描いた武州沢井万年橋上の机龍之介と、その剣先を逃れて走る怪盗の図の二葉木版刷り。

第二冊「鈴鹿山の巻」は、ページ数百五十二ページ。口絵は介山の描いた鈴鹿山、中里幸作がその図の上部に「すずか山　浮世をよそに　かりすてて　いかがふりゆく　我身ふるらん」と、西行の歌を書いた三色木版。

この二冊の初版本は、口絵の木版と製本のほかは、ほとんど著者と実弟の幸作が作ったという。本文は必要限度の活字を買い集め、版を組み、一ページ刷りあげると、直ちに解版して次のページの組版にかかったという。部数は百五十部程度だったようである。

初版本は、知人に配布した残りを市内の書店に持ち込み、委託販売にしたところ好評で追加注文が殺到。介山兄弟は、その処理に大困惑、第三巻以後は印刷も販売も、専門業者に任すことにした。

以上の話は高尾の佐藤旅館の子息、佐藤富士達氏から伺った。

（九九・八）

カタカナのはんらん

毎日新聞最近号の「余録」でカタカナの社名が増えたことを論じていた。(八月四日付)。日債銀が受け皿会社に利用したのは、ウェストリバー(西川)シャインフィールド(照田)ノーザンテール(北尾)、乱脈融資事件で背任罪に問われた被告が設立したのはイー・アイ・イー・インターナショナル。堅実な会社ではソニー、ダスキン、ワコール、コクヨ。

そういえばグリコ、サッポロ、キューピー、キッコーマンと食品関係、クラレ、レンゴーなど、カタカナでなくてはならぬ語から出た社名であるが、日常の会話でやたら外国語を使うのは耳ざわりだ。

えせ文化人というか、カテゴリーとかソフィスケートとか、コミュニケートとか、そういえば分かりやすくを看板としてるはずの放送でも「ユニークなフィットネスクラブがオープンしました」などとやっている。

近ごろは新聞、雑誌の平易な文章を読むにも外来語が増えて、専用の辞書が必要になった。彼女はキャミソールを脱いだとか、着たと書いてある。下着の一種に違いない。シュミーズなら知っているが、どうしてもその構造が不明である。

広辞苑によると、袖なしで肩紐がついた腰丈の胴着とあり、ペチコートと共に使うことが多い、と解説がある。そこで日本語大辞典を見たら、天然色写真で説明しているので、いっぺんで了解した。

電子技術関係も横文字が多いが、とくに閉口するのはファッション（また横文字が出てきた）、芸能関係の文章だ。なんとかヘルスというのも新しい語だが、これも筆者はその実体をつかんでいない。ただし、前出の日本語大辞典にも出ていない。

こういう和製外来語は、どこかで制限しないといけないのではないか。差別語のように。そうすると、新聞関係が適切な機関だろう。あるいは代理店、輸入商社の団体か。

（九九・九）

葡萄酒色の人生

画家ロートレックの芸術と恋と病にゆれる一生を描いたフランス映画だ。何年か以前に「赤い風車」というやはり彼の映画があったが、これは英国製の暗い映画だった。今回見たこの映画も決して明るくはないが、踊りや絵画教室の場面が美しい動きをしているので、見終わった印象はさわやかだ。

ロートレックは、名門伯爵家の生まれだが、十五のとき骨折がもとで脚の成長がとまってしまい、父の方針でパリの画塾に入り、絵に熱中するが、ルノワールのモデルと恋愛して、一時同棲もするが別れてしまう。

一方、この時代は石版術が発明されて百年。技術も進歩し、絵描きに利用され、多色のポスターがさかんに刷られた。パリの町角を色どる街頭の芸術となって市民に歓迎された。活版やグラビアの白黒の世界から一挙に大型の色彩あふれるポスターに開花したのだ。平版は、さらにオフセットという間接印刷によって躍進、現在はカタログポスターから新聞まで、すべてオフセット平版の時代になった。映画「赤い風車」では百八十センチの大男の役者が百五十センチのロートレックになって、いかにも不自由な体で大型の石版印刷機と格闘するシーンは感銘を与えた。

今回の「葡萄酒色の人生」では、ポスター制作の現場は、校正刷を大型機で機械的に刷る場面だけで、前回の映画でロートレックの苦心するシーンはほとんど出てこなかった。校正の仕上がりがすばらしいと居合わせた連中が賞讃するところが当時の情況をしのばせる。

筆者は、モンマルトルの石版印刷所を訪問したことがあるが、色合わせは紙に小さな穴をあけ、不必要な部分をマスクして親方が行っていた。

これ以外では世紀末のキャバレー、カンカン踊り、売春宿、モデルと性交渉をする画塾、ゴッホや日本画に衝撃を受ける場面などが面白かった。退廃的な世情の中で次第にワインに溺れてゆく芸術家のやるせなさが心に残る。アンリ・ロートレック三十六歳で死す。

（九九・一〇）

ＩＦＲＡとは？

ワールドサッカーのイタリア大会。もう四、五年前になるが、観客席でドイツのリトバルスキーの活躍を見ようと、背番号を周囲の人にきいてみたが、さっぱり分からない。調べて見たら出場していることは事実だったが、あちらの人はバルスキーと発音するようだ。「リ」は、ほとんど聞こえない。

ＡＮＰＡもアンパといったって通じないことが多い。エー・エヌ・ピー・エー、ＧＡＴＦはジー・エー・ティ・エフでガティフといってもダメ。略称はＮＨＫのように、エヌ・エッチ・ケーと一字ずつ発音する。

この伝でゆけば、ＩＦＲＡはイフラでなく、アイ・エフ・アール・エーだ。この略称は、わが国でいえば新聞協会で、一九七〇年にインターナショナル・ニュースペーパー・カラーアソシエーションとＦＩＥＪ（発行者協会）とが合併して誕生した。

新聞製作技術事典によれば、大部分の会員は新聞社で、四分の一が機材のメーカー。わが国の大新聞も何社か加入しているらしい。

最近のレポートによると、会員は全世界の大小新聞社、関連会社が千二百社あって、新聞発行の製作技術研究を目的とし、スタッフの数は六十五名、年間予算は千四百万マルク。

本拠はドイツのダームスタットにあり、仕事の内容はインフォセンター、情報提供、翻訳部、出版部などがある。

出版物では、新聞技術の月刊。これは発行部数五千六百。その六百部は六十七カ国へ。千二百は会員へ配布する。翻訳部は、発行物の英・伊・独の訳。

事業部はクォークエキスポ、出版ソフト、広告技術、CTP、品質向上、東南アジアの視察報告、カラーマネージメント、新聞とデザイン（読者層とデザイン）、新聞工場の建築、クォークエキスプレス、インターネット、カラー品質、印刷機の発達などなど。

（九九・一一）

分からせる工夫

日本新聞協会と新聞製作技術懇話会は、恒例の「JANPS」を開いた。協会が主催で懇話会が協賛だ。十一月二十四日から二十七日までで、同時にセミナーも開かれた。

出品社は常連四十四社。東京機械、三菱、ゴス、西研が代表するプレス部門と、大日本スクリーン、富士、コニカ、富士通、東芝などのプリプレスと、従来ははっきりわかれていたが、次第にデジタルが幅をきかせてきた。行きつく先はCTP（コンピュータ・ツー・プレート）だろうが、今回の機材展では、まだ実用にはちょっと時がかかりそうだ。

新聞社もたいへんだ。デジタル送稿、記者編集からはじまってページアップ、製版、カラーマッチング、それに本命のプレスだ。

新聞制作の技術や現場ではその道、何十年というベテランは段々といなくなって、編集や販売からきた人も増え、素人衆が新聞作りをやることが多くなっている、と聞く。

それに最近の技術革新だ。「JANPS」は、新しい潮流を勉強するのにもっともよい機会だ。こういう点に着目している一例として、F通信機のすぐれた展示があった。これは展示物でなくて当路の人の気の使いようだろう。

筆者のように薄ボンヤリしてコマの一隅に立つと、すぐ係員が飛んできて、展示の内容を細かに説明してくれる。お陰でコマを出たときは、すっかり分かったような気になった。

はじめから分かったような気がしているのは輪転機だ。輪転機といえば、TKSが十七万機を一日四回まわして見せた。徐々に回転数をあげて最高速になっても騒音はあまり変わらない。カラー刷りの絵柄は、目にもとまらぬ速さだ。ＴＫＳの説明を借りて計算すると、印刷の円周長は五百四十六ミリの二倍で、毎分七百七十三・四六三メートルで毎秒十二・八九メートルのスピードだ。新幹線の速さを毎時二百五十キロメートルとすると毎秒七十メートル、約五分の一の速さということになる。これで分かったような気分になる。

（九九・一一）

絵と文を同時に見る

東京電機大学出版局の植村八潮先生が、「印刷雑誌」二月号に面白いことを書いておられる。プレイステーション2の発売が目前に迫ったことから、小学生に囲まれてテレビゲームに挑戦したときのこと。ゲームをはじめると彼らは、はじめてとは思えない速度で文字による指示を読んでいく。一緒にやっている先生は半分も読めない。たまらなくなって質問した。「読まないでも分かるの?」「無理だよちゃんと読まなくては」という返事がかえってきた。

つまり彼らは、ジョイスティックを動かしながら、ある画面に突然現われる文字を瞬時に読みとり判断しているらしいのだ。

筆者もこれに似た経験をしたことがある。ある大学の食堂でマンガを読みながら食事をしている学生がいて、ページをめくる早さに、たまげたことがある。あとでその雑誌を読んでみたら、とても学生のように早く読めないことに気付いた。

植村先生も書いているようにわれわれ活字人間は、まず吹き出しのセリフを読む、それからそのコマの絵を見る、次のコマの吹き出しを読む、絵を見るのくり返しであるから遅いはずで、絵とセリフを同時に読むなんて芸当はできない。

こういう読み方の意味を理解できる若い人に聞いてみたところ、やはり絵と文字と同時に読んでいるらしい。

そういえば洋画は下方に日本語訳のセリフが文字で出る。話の筋が簡単だったり、馴れてくると、同時にセリフも見えてしまうようになる。

人間の感覚はすばらしいから、文字と絵を同時に見る人達が増えてきているのだろう。そのことは情報の送り手、つまり新聞雑誌の編集者、テレビ映画の制作者たちが心得ておくべきことだろう。

それと同時に文字を読み、絵を見て組みたてる三段論法者も、まだまだ多いということをお忘れなく。

（二〇〇〇・一）

印刷表現のむつかしさ

昨年末、野間賞を受けた凸版印刷役員の小島茂子さんが、同社の渡辺大之輔氏と共著で、「文化面から見た印刷表現技術」というレポートを出版した。色刷数点の見本をつけたB5判変型百六十ページの労作である。彼女は人も知るプリンティングディレクター、印刷物制作にかかわる表現の技術についての長い経験をまとめた本だ。「印刷」をある程度理解するまでには十数年の経験を必要とする、と著者は巻頭でいい、品質の改善レベルアップに利用できるソフトがあるか、ディレクションに当たる人が効率よく意図を伝達できる技術体系があるか、と疑問を投げかけ、工芸品のような技であって、かつ経験者の誰にでもできる普遍的技術であることを望んでいる。

この辺は最近、カラー管理の機器と手法が発達してきたので、大分数値的に処理できるようになったが、色を表現する言葉に分かりにくいものが多くて経験の浅い人は困るのである。著者はポスターやカレンダーの審査員の発言から次のような言葉を紹介している。

よく刷れてる、きれい、ムラのない色、インキの色の冴え、汚れ、ほほえましい、おつな感じ、スマート、シンプル、落ちついた感じ、しっとり、淡い、くすんだ、ついていけない、調子が出る、引き締まった、ボリュームがある、はがゆい感じ、上品な、落ちついた色彩、深み、品格のあるしなど、大相撲の横綱昇進問題のようだ。現在すべて数値でラチがあくと思われるテレビの世界でも高品位とか、高品質などと曖昧な言葉があるくらいだから、印刷ではなおさらだ。

このほか、こなれる、ベタベタ、リアルさの表現、手際よくまとめる、ボリューム、甘い、キビキビ、けばけばしい、くすみなど、あげれば際限がないが、こういう言葉を製版・印刷用に置き換えるとどうなるか、を示したのが彼女の研究であり、本著である。

（二〇〇〇・二）

一枚の感謝状

一枚の感謝状
―野間賞受賞に際しての挨拶―

本日、財団法人野間奉公会から栄ある野間賞を頂き、私ども一同身にあまる光栄と感謝しております。私どもは平素、出版物の製作、流通に従事しているものでありますが何分地味な仕事であり、このように輝かしいスポットライトをあてて頂いたことは、同業の先輩、同輩、後輩とともに喜びをわかちたいと存じます。

御承知のとおり、財団法人野間奉公会は、講談社創立者野間清治初代社長の遺志により設立されたものでありまして、毎年、出版文化の貢献者に賞をあたえています。私は昭和五十三年に、講談社から世間雑話という本を頂きました。これは、野間社長生誕百年、講談社創立七十周年を記念しての刊行で、むかし、野間社長がお書きになった数冊の本から編集したものであります。当時の野間省一社長が書いておられるように、初代社長の自己を語ったこれらの数冊は当時、非常な評判を呼びました。言々句々、時空のへだたりを超えてかわらぬ真理の響きに胸を打たれるとあります。私事でございますが、私の父が昭和十年発行されたばかりの世間雑話を買ってきまして、私も読みまして子供なりに強い印象を受けました。いまでもいくつかの話を覚えております。

ひとつは「寒夜を急ぐ」という題でありまして、野間先生の生まれは、いまは桐生市に編入されていますが、東上州渡良瀬川に近い一寒村で道の両側に川が流れており、水車が沢山かかっていて、筬の音、鍾の音、機織の歌が聞こえてくる。これは野間先生が八、九歳の頃の話でありますが、御母堂は裁縫がよくできて、あちこちの針仕事をして一家の生計を助けておられた。その日は少し余計お金が頂けそうだというので夜になってから、母親と妹さんと三人出掛けた。野間先生が先方の家に入ってお金を貰ってきた。冬の夜のことでいわゆる赤城おろしが吹きすさんでいる寒い中を、少し多くいただいたお金でそこから八町ばかりある三国屋という小さな店で、一杯一銭のひもかわ（きしめん）と、これも一杯一銭のお汁粉を一つずつ御馳走してもらえるというので、親子三人、ボロの赤毛布にくるまって笑いさざめきながら急いだ。

この世間雑話をお書きになったときは、御母堂はすでに亡くなっておられて、ただ限りない恩愛が残っているばかりだ、といっておられる。

また、野間先生の御子息の恒様は、後に天覧試合に出たほどの剣道の達人でありましたが、小さいときから道場に通っていた。野間先生は毎晩、恒様に稽古の模様をきく。あるときその剣道の先生は、立ち上がる前に勝敗の半分は決まってしまうといわれた。なるほど、すべては準備だ、気構だ、成功も失敗もここで決まってしまう、事業も処世の道も同じではないか。

また、手で勝つ、足で勝つ、腰で、腹で、口で目で、あらゆるところで勝つともいわれた。いかにも勝敗は全身全霊である。また、ただ稽古するだけでは進みが遅い、毎日一時間ほど、いろいろ自分で工夫しなさい、ともいわれた。これは意味深長で、昔から修行のため山に籠って工夫をこらしたとか、一室を設けて思念したとかいう人が少なくない。

このような話を数多く書いておられる。


野間先生がこの「世間雑話」を刊行したのは昭和十年十一月五日で、私の持っている本の奥付は十二月三日五〇版と印刷されています。わずか一カ月でこれだけ多くの版を重ねたということは本当に驚くべきことで、総数百万部が出たときいております。誰にも分かりやすいように総ルビを使い、しかも三十銭という安価、当時の上製本が一円から二円していたが、いくら簡装版とはいえ非常に安い。この他、「体験を語る」「処世の道」「出世の礎」「修養雑話」「栄えゆく道」「野間清治短話集」など、いずれも二十銭から五十銭という安価におさえて、一人でも多くの人に読んで貰いたいとの先生の意欲がわかります。先生は正に社会教育家であられた。

若くして、先生は小学校の代用教員となり訓導を経て、中学教諭、視学にまでなられました。少年の教育にも特に意を用いられ、学校教育では足りない面、たとえば感恩、勇気、忍耐、恭謙といった徳育は社会教育で補わねばならないとして、大正三年少年倶楽部を創刊されました。少年倶楽部といえば、私どもの年代のものにとっては、鞍馬天狗、ああ玉杯に花うけて、敵中横断三百里、村の少年団、吼える密林から、のらくろ、冒険ダン吉にいたるまで、懐かしいというよりも人格の形成に役立ったともいえる、こどもの頃の好伴侶でありました。毎号巻末には読者の投書と編集部の記者先生（と呼んでいた）とのやりとりがのせられ、一度でも自分の文がのせられようものなら、それこそ鬼の首をとったような勝ち誇った気分になりました。あるとき、愛読者を増やそうという趣旨の文がのりまして、私は早速実行、講談社に報告したところ、立派な感謝状が送られてきました。

昭和八年のことでありますが、私はこれで講談社から二度お褒めを頂いたわけです。二度あることは三度あると申しますから、もう一度、なにか褒めていただくことがあるかも知れません。それはともかく、読者と編集部の結びつきはこのように緊密でありましたし、そのことをこの感謝状という一枚の印刷物が五十数年経過しても証明しているわけであります。

戦災をくぐり抜けてきた一冊の本と一枚の感謝状は、それを書いた人、作った人、多くの人々の誠意を現在に伝えています。

お礼の言葉が大分私事にわたって失礼いたしました。私どもは今日の受賞をひとつのはずみとして益々出版文化の向上に力をつくしたいと考えております。本日はどうもたいへんありがとうございました。

（八七・一）

山本隆太郎（やまもと　りゅうたろう）
1924年東京生まれ。1943年東京高等工芸学校印刷工芸科（現千葉大学工学部）卒。44年日本光学工業株式会社技師、46年印刷学会出版部入社、62年科学技術庁技術士（生産管理部門）登録。70年より印刷学会出版部代表取締役。現在、同社取締役相談役、日本印刷学会評議員、印刷図書館理事、オフセット印刷技能検定委員をつとめる。
著書『印刷科学入門』『写真製版ダイジェスト』『印刷こぼれ話』『続・印刷こぼれ話』（以上印刷学会出版部刊）、『印刷技術者になるには』（共著、ぺりかん社）など。

随筆集
銀座の四つ角から

二〇〇五年十月三日　初版第一刷発行
定　価＝本体二〇〇〇円＋税
著　者　山本 隆太郎
発行者　中村 幹
発行所　株式会社 印刷学会出版部
〒一〇四-〇〇三二
東京都中央区八丁堀四-二-一
電　話〇三-三五五五-七九一一
FAX〇三-三五五五-七九一三
e-mail:info@japanprinter.co.jp
http://www.japanprinter.co.jp
印刷・製本　杜陵印刷 株式会社

本書をお読みになった感想や、ご意見ご要望をeメールなどでお知らせ下さい。

ISBN4-87085-182-2